Salem Khalfani

Fliegende Katzen

Roman

sujet verlag

CIP - Titelaufnahme in die Deutsche Nationalbibliothek

Fliegende Katzen
Salem Khalfani

ISBN: 978-3-96202-118-4

Lektorat: Monika Dietrich-Lüders
Umschlaggestaltung: Daniel Zaidan
Layout: Vivien Müller, Dilara Kocak
Druckvorstufe: Sujet Verlag, Bremen
Printed in Europe
1. Auflage 2023
2. Auflage 2023

www.sujet-verlag.de

An ihrem Blick konnte ich nicht erkennen, ob sie mich von Herzen mochte oder ob sie mich zutiefst verabscheute. Ich hatte sie anfangs nur deshalb überhaupt wahrgenommen, weil sie im ersten Stock des Hauses wohnte, in das ich eingezogen war. Sie hieß Maria Habel, und ich sah sie häufiger als alle anderen Nachbarn, da sie die meiste Zeit, genauso wie ich, zuhause verbrachte.

Nach einiger Zeit nachbarschaftlichen Zusammenlebens konnte ich durchaus behaupten, dass ich nun alle oder nahezu alle Mieter des Hauses gesehen, sie zumindest begrüßt, und mit dem einen oder dem anderen auch einige Worte gewechselt hatte. Richtig kennengelernt hatte ich aber außer Frau Habel nur noch Herrn Josef Bahden, der im Erdgeschoß wohnte und in seiner Jugend den Ehrgeiz, Dichter zu werden, aufgegeben hatte, obwohl er unter den Mietern weiterhin als „der Dichter“ bekannt war. Frau Habel behauptete einmal sogar, dass „alle davon wissen, dass er ein Buch hat“. Aber auch, wenn er das Dichtertum als Beruf und Karriere aufgegeben hatte, so trug er es weiter mit sich in seiner Seele. Davon bin ich überzeugt.

Wenn ich sage, dass ich alle Nachbarn kennengelernt beziehungsweise zumindest gesehen habe, dann trifft das allerdings nur bedingt zu, denn es gab noch eine Nachbarin, die über mir im Dachgeschoss wohnte, welche ich nur ein einziges Mal sah, im letzten Moment sozusagen, als sie dabei war auszuziehen, was mich sehr traurig stimmte. Denn sie hatte mich, obwohl ich sie während der ganzen Zeit nie zu Gesicht bekam, deutlich mehr als Frau Habel und Herr Bahden und sicherlich mehr als die anderen Nachbarn beschäftigt.

Und ausgerechnet sie hatte der Vermieter erwähnt, als er Erklärungen über die Wohnung gab. „Frau Lana M., eine junge Frau aus Albanien“, hatte er gesagt. Das war sicherlich als Anreiz für mich gedacht, damit ich den Mietvertrag unterschrieb.

Als ich mit Herrn Bogen, dem Vermieter, aus seinem Büro herausgetreten war und mich mit ihm auf den Weg machte, die Wohnung zu besichtigen, sprach er jedoch nur von den anderen Hausbewohnern, unter anderem und insbesondere von Frau Habel. Er behauptete einmal, sein Haus stehe symbolhaft für die ganze Welt: so unterschiedlich, so vielsprachig, so multikulturell seien seine Mieter. Dann wurde sein

Ton auf einmal nachdenklich, geradezu philosophisch, und er sagte wörtlich:

„Die Welt wird kleiner, indem sie sich vergrößert. Und sie wird größer, indem sie sich verkleinert. Und am Ende wissen wir eigentlich nicht, ob sie größer oder kleiner geworden ist. Vielmehr stellen wir fest, dass sie uns bloß unverständlicher erscheint, sonst nichts." Diese Sätze sprach er eintönig, ohne jegliche Emotion aus. Entweder weil er sie irgendwo gelesen oder auch gehört hatte, und sie nun auswendig kannte, oder - obschon selbst erdacht, sie für ihn mittlerweile an Bedeutung verloren hatten - weil er sie zigtausend Mal jedem, dem er in seiner langen Karriere als Makler begegnet war, vorgetragen hatte.

Herr Bogen war unten geblieben. Seine Knie könnten nicht mithalten, höchstens bis zum zweiten Stock, hatte er gesagt. Und sein Atem genauso wenig. Aber was mich und meine Angelegenheit anging, so war es mir eigentlich gleich, ob er nur bis zum zweiten Stock mitkam oder noch weiter bis zum Dachgeschoss oder ob er ganz unten im Treppenhaus blieb. „Eine einfache Wohnung im vierten Stock", sagte er, indem er mir den Schlüssel aushändigte. „Gehen Sie einfach hoch, schauen Sie sich die Wohnung in Ruhe an, und wenn Sie zurückkommen, sagen Sie mir, ob sie Ihnen gefällt oder nicht. Ich werde solange hier auf Sie warten. Bloß keine Eile!"

Der Treppengang nahm in der Breite ab, je höher

ich stieg, Stockwerk für Stockwerk. Und in der Tat hatte ich den Eindruck, ich stiege den Turm von Babylon hinauf. In allen phantastischen Darstellungen, die ich je gesehen hatte, war der Turm nur von außen zu sehen. Und hier erblickte ich ihn von innen. Das war absurd. Während ich hochging, fragte ich mich, ob es sein könnte, dass diese Treppen kein Ende nähmen?

Als wir sein Büro verlassen und uns, Seite an Seite und ganz gemächlich, auf den Weg gemacht hatten – wie zwei Freunde, die bei schönem Wetter in einem Park spazieren gehen – damit er mir die Wohnung zeigte – hatte ich seinen unregelmäßigen Atem gehört und seinen mühseligen Gang gesehen. Und ich hatte bemerkt, wie er seinen Blick nach unten richtete und so sehr darauf bedacht war, nicht gegen irgendeinen Gegenstand zu stoßen und zu stürzen, ganz wie alte Menschen es tun, auch wenn es vor ihren Füßen nichts gibt außer einen ebenen Weg, der sich vor ihnen freundlich erstreckt und sie einlädt, sich fortzubewegen.

Auch später, nachdem ich den Mietvertrag unterschrieben und in die Wohnung eingezogen war, sah ich den Vermieter häufig. Sein Büro befand sich nahe beim Haus an der anderen Ecke der gleichen Straße, etwa fünfhundert Meter entfernt. Jedes Mal, wenn ich dort vorbeilief, erblickte ich ihn hinterm Fenster, und falls er den Kopf hob, dann winkte ich ihm zu.

Nichtsdestotrotz glaube ich, dass es, ganz gleich wie freundlich sich Vermieter und Mieter gesinnt sind, immer eine Wand zwischen ihnen gibt, eine dicke Wand, die eigentlich zwei Häuser, zwei Wohnungen oder im besten Falle zwei Zimmer voneinander trennen könnte, in einigen Fällen sogar zwei Städte, zwei Länder.

Ich hatte fast ständig Kontakt mit Herrn Bogen, auch wenn ich meine Wand, und er seine dazwischen stellte. Ich denke sogar, dass es in den meisten Fällen diese Wände sind, die bei jeder Kommunikation unverzichtbar erscheinen, indem jeder der Gesprächspartner unbedingt zeigen möchte, dass er solche Wände hat, die niemand überspringen kann und darf, denn dahinter steckt ja sein Innenleben, vielleicht seine ganze Existenz…

Auch mein Leben war eines hinter einer dieser Wände. Die Trennung von meiner Frau war zugleich die Trennung von meinen Freunden. Besser ausgedrückt, alle hatten zu meiner Frau gehalten, als wäre in der Tat ein Krieg zwischen zwei Ländern ausgebrochen, welcher meine Freunde gezwungen hatte, eine von zwei Fronten zu wählen, wie es in blutigen Kriegen üblich, verständlich, sogar ratsam ist. Aber nicht, wenn es um eine Familie geht.

Danach trennten sich diese Freunde von mir, oder besser gesagt, ich ließ sie zurück wie Erinnerungen, wie meine Möbelstücke. Mit meiner Tochter hatte ich seit vielen Jahren keinen Kontakt mehr; sie war ausgezogen und wohnte erst in Berlin, dann in Stuttgart. Sie hatte auch ihrer Mutter nur wenig zu berichten, war inzwischen wieder verheiratet und mit ihrem Mann in seine bulgarische Heimat gegangen, für immer, so erzählte man sich. Jetzt war ich mit einer schweren Last hierhergekommen, in eine Wohnung, die mein Zuhause sein sollte. Und ich versuchte, so wenig wie möglich an die Vergangenheit zu denken.

Als ich Herrn Josef Bahden, dem Nachbarn im ersten Stock, zum ersten Mal begegnete, sprach er ausschließlich über eine Katze von Frau Habel, die sie vor vielen Jahren besessen hatte. Und nicht nur das erste Mal sprach er von dieser Katze, sondern auch später, und immer wieder.

Jedes Mal kam er auf die Geschichte der Plakate mit der prächtigen, schneeweißen Katze zurück, von denen in jedem Stockwerk eines aushing. Diese Plakate hatte ich kaum wahrgenommen. Ich hatte mir über sie überhaupt keine Gedanken gemacht, da man ja, kurz nach dem Einzug in eine neue Wohnung, Wichtigeres im Sinn hat, als Plakate oder irgendwelche Anschläge und Kritzeleien, die in den meisten Mietshäusern die Wände des Treppenaufgangs zieren, zu studieren. Später aber, als ich das gleiche Plakat tagtäglich in jeder Windung des Treppenhauses zu sehen bekam – vier Mal beim Hinuntergehen, vier Mal beim Hochsteigen, eins davon gleich rechts von meiner Wohnungstür - war es für mich doch zu einem Rätsel geworden, das immer mehr von meiner Aufmerksamkeit in Anspruch genommen hatte. Ein Rätsel, das Herr Bahden dann für mich löste, wofür ich ihm eigentlich danken sollte. Er erzählte mir, dass Frau Habel vor vierzehn Jahren eine weiße Katze mit dem Namen Leila besessen hatte, welche jetzt auf den Plakaten zu sehen sei. Eines Tages verschwand sie, so wie es des Öfteren der Fall sei. „So wie vieles hier in der Stadt verschwinden kann“, so Bahden wörtlich. Frau Habel wollte ein Foto von ihr, ein kleinformatiges Foto, in Schwarzweiß – damit es nicht zu teuer wird – kopieren und an verschiedenen Stellen (Bäume, Straßenlaternen, Wände ….) anbringen, mit dem Hinweis: „Unsere Leila ist entlaufen, … Sie ist handzahm und reagiert auf ihren Namen. Beim Auffinden bitte anrufen. Tel.… Belohnung...“ Herr Bahden konnte sich an den Betrag der Belohnung nicht mehr erinnern.

Zu ihrer Überraschung und Freude liest sie noch am selben Tag die Werbung einer Druckerei mit dem Namen Krüger, die angekündigt hatte, zu ihrem 20-jährigen Bestehen für die ersten 20 Kunden jeweils zehn Plakate in der Größe A2 umsonst zu drucken, umsonst und ohne Verpflichtungen. Einen Tag später bekam Frau Habel ihre zehn Plakate, Hochglanz, mit der majestätischen weißen Katze in der Mitte, die dem Betrachter direkt in die Augen blickte. Allerdings hatte Frau Habel die Hoffnung noch nicht aufgegeben, dass die Katze wiederkäme, ihr zurückgebracht würde, vielleicht sogar am selben Tag, an dem sie die Plakate aushing. „Dann hätte sie", so Bahden, „zusätzlich zu der Freude über die Rückkehr ihrer geliebten Leila auch noch zehn plakatgroße Fotos von ihr gehabt." In diesem Fall hätte sie vorgehabt, so Bahden weiter, neun davon in Geschenkpapier einzurollen und den Verwandten zu schenken, zu Weihnachten. Das zehnte wollte sie schön gerahmt im eigenen Wohnzimmer aufhängen. „Das hat sie mir versichert", sagte er.

Aber die Katze war nicht aufgetaucht und die Plakate hatten ihren Sinn nicht erfüllt, auch nach Wochen nicht. Frau Habel hatte drei Plakate an drei Bäumen angebracht (zwei davon an den beiden Bäumen, die jeweils dort standen, wo unsere Straße endete, kurz vor der Kreuzung, und das dritte an dem Baum genau vor unserem Haus, welches sich fast genau auf halber Höhe der Straße befand), zwei weitere an Hauswänden in Seitenstraßen. Die restlichen fünf hatte sie in unserem Treppenhaus befestigt, ein Plakat pro Stockwerk. „Sehen Sie", sagte Josef Bahden und zeigte auf das alte Plakat, das neben seiner Tür hing, „Es stört mich aber nicht mehr, inzwischen habe ich mich daran gewöhnt".

Ungeachtet der Missbilligung, die in Herrn Bahdens Erzählung mitschwang, muss ich doch eingestehen, dass die Plakate wirklich ansehnlich waren. Und das war höchstwahrscheinlich der Grund dafür, dass kein Mieter bisher auf die Idee gekommen war, ein einziges Plakat zu entfernen. Mag sein, dass bestimmte Arten von Plakaten, zum Beispiel wenn sie Tiere in den Mittelpunkt stellen, dem einen oder dem anderen nicht gefallen. Im Endeffekt sollte doch jeder Mieter, darunter auch Josef Bahden, erkannt beziehungsweise zugegeben haben, dass die Plakate, trotz des so hartnäckig dargestellten Sujets, immerhin angenehmer anzuschauen sind als die kahlen Wände des Treppenaufgangs in einem Mietshaus, die Kratzer, Kleckse und sogar blutige rohrschachartige Flecken von längst toten Fliegen sowie Risse aufweisen können.

Ganz glaubwürdig fand ich die Geschichte, die Herr Bahden, der Dichter, mir erzählte, trotzdem nicht. Ich wusste ja nach und nach, dass das, was ihn mit Frau Habel verband, alles andere als gute Nachbarschaft war. Er wohnte im Erdgeschoss und sie direkt über ihm in der ersten Etage. Und er ertrug keinen Lärm, vor allem, wenn der Lärm von oben kam. Dies hatte ihn veranlasst, in den ersten Monaten nach seinem Einzug mehrmals pro Woche bei Frau Habel anzuklopfen und sie darum zu bitten, etwas leiser zu sein, dezenter aufzutreten und möglichst wenig Geräusche zu machen. So sagte es mir Frau Habel. Und das wiederholte sie immer wieder.

Sobald sie mir begegnete, im Treppenhaus oder sonst wo, nutzte sie die Gelegenheit, um über Herrn Bahden zu reden. Frau Habel konnte aber nicht anders, sie konnte nicht anders laufen, da sie schon immer so gelaufen war, nämlich sehr leise. So jedenfalls glaubte sie.

Sie erzählte mir, dass Herr Bahden nicht nur gegen ihre normale, natürliche und leise Gangart war, sondern es einfach nicht verstehen wollte, nicht verstehen konnte, dass man sich in der eigenen Wohnung überhaupt noch bewegen musste. Er konnte sich einfach nicht vorstellen, so Maria Habel, dass man von der Küche ins Wohnzimmer, vom Wohnzimmer ins Bad, vom Bad in die Küche und so weiter und so fort und umgekehrt gehen musste, und dies sogar mehrmals am Tag. „Das ist ja das Leben", ergänzte sie. Sie erzählte mir, dass er manchmal zu ihr hochkam und klingelte und sich beschwerte, sie sei zu oft und zu unachtsam umhergelaufen. „Warum laufen Sie so viel in der Wohnung umher?", hatte er sie gefragt. Dann wusste sie, so sagte Frau Habel, dass der Lärm, der ihn störte, nicht von oben kam oder von unten oder von rechts oder links, sondern in seinem Kopf war. Denn er sei sowieso taub und höre die Menschen nicht, sagte sie. „Es gab Leute", sagte sie, „die andauernd in seinem Kopf hin- und herliefen und Geräusche produzierten." Armer Bahden.

Irgendwann hatte sie in der Tat, so erzählte sie

mir, aufgehört, sich in ihrer eigenen Wohnung zu bewegen, und wenn sie es doch tun musste, unumgänglicher Weise tun musste, um auf die Toilette zu gehen oder in die Küche, oder wenn sie von der Toilette oder der Küche zurückkam, dann schlich sie wie eine Katze. „So, wie meine arme Leila lief", sagte sie, „man konnte gar nichts hören. Wenn man Leila nicht sah, dann wusste man nicht, ob sie überhaupt da war, geschweige denn sich bewegte. Dabei bewegte sie sich ständig", sagte Frau Habel. Wenn Frau Habel mit jemandem telefonierte, so erzählte sie mir, dann war sie darauf bedacht, ganz leise zu reden. „Es kam öfter vor, dass man mich auf der anderen Seite der Telefonleitung nicht verstand, ich musste von Neuem ansetzen zu erzählen, immer wieder das Gleiche, und man verstand es trotzdem nicht, weil ich so leise sprach", sagte sie. Oder wenn Besucher bei ihr waren, dann waren sie immer zu laut für ihn, selbst wenn sie kein einziges Wort wechselten und still und unbeweglich auf ihren Plätzen lagen wie Steine in der Wüste. Irgendwann hatte sie aufgehört, Freunde einzuladen. Sie zog es vor, wenn es sein musste, selbst die Freunde zu besuchen und keinen einzigen einzuladen. Das konnte aber nicht lange anhalten. Bald hatte sie keine Freunde mehr. Sie blieb allein, mutterseelenallein.

Das gerahmte Plakat, welches neben der Wohnung von Frau Habel hing, war an zwei Stellen eingerissen. Man konnte diese Stellen durch das saubere

Glas ganz klar sehen. Ich stellte mir vor, dass dies beim ersten Einrahmen, oder auch später, bei einem Versuch erneuten Einrahmens, geschehen war. An einer Ecke hatte sich eine Fliege niedergelassen, sie schien nun, frei von allen Sorgen der Welt, für die Ewigkeit zu schlafen. Dort hatte sie ihre kleine niedliche Leiche wie ein selbständiges Bild hinterm Glas zur Schau gestellt. Jedes Mal, wenn ich vorbeiging, schaute ich diese Stelle an, und vergewisserte mich, dass die Fliege noch an derselben Stelle lag, dass sie sich nicht bewegt hatte, dass die tote Fliege wirklich tot war.

Lana, von der mir der Vermieter zu Beginn meines Mietverhältnisses erzählt hatte, und deren Namen Lana M. ich jedes Mal las, wenn ich an der Eingangstür, an Klingeln und Briefkästen vorbeiging, hatte ich noch nicht zu Gesicht bekommen, sie jedoch gleich am zweiten Tag mit jemandem sprechen hören.

Man kann die Frauen sehr wohl nach ihren Stimmen beurteilen, denke ich immer noch. Anziehende Frauen haben oftmals interessantere Stimmen. Das steht fest. Mag sein, dass dies damit zusammenhängt, dass die Stimme einer Frau sich nach und nach ihrem Aussehen anpasst. Oder auch, dass so eine Frau selbst dazu beiträgt, dass die Stimme sich ihrer Erscheinung anpasst. Das Ergebnis ist gleich. Die Blinden haben absolut Recht, wenn sie sich diesbezüglich nach ihrem Gehörsinn richten und in den meisten Fällen das Richtige treffen. In Bezug auf Lana, die hinter dicken Wänden und unsichtbar für meine Augen sich hin und her bewegte, war ich ein Blinder. Das war klar. Und mir blieb nichts anderes übrig, als aus den Geräuschen, die von oben kamen, Rückschlüsse zu ziehen. Manchmal hörte ich für einige Tage überhaupt nichts, so als wäre in jener Wohnung über mir nie jemand gewesen. Andere Male vernahm ich ein leises Zwiegespräch. Sie redete mit einem Mann. Dann trat wieder Schweigen ein. Langes Schweigen. Entweder schlief ihr Gesprächspartner oder las oder war fort gegangen. Dann begann sie zu singen. Eine kleine Melodie, die sie vor sich hin summte. Während sie ihren Arbeiten in der Wohnung nachging, wiederholte sie diese Melodie mehrmals. Von der Art, wie sie sang, wusste ich, dass sie keine Sängerin war. Sie hatte keine feste, keine starke Stimme. Und doch war ihre Stimme bezaubernd. Sie sang, und es war etwas Dunkles in ihr, etwas Trauriges, das mich an Marlene Dietrich erinnerte, wenn sie ganz banal „Ich bin von Kopf bis Fuß auf Liebe eingestellt" sang und alle Zuhörer sich in sie verliebten. Doch sie sang nicht Marlene Dietrichs Lied, sondern das von „Gretchen am Spinnrad", in der Art, wie Robert Schumann es komponiert hatte.

Sie muss eine hübsche junge Frau sein, sagte ich mir immer wieder, wenn ich ihre Stimme hörte. Aufreizend wie ein fremdes, frisches, wohlklingendes Wort, das man zum ersten Mal hört und nicht versteht. Kurz nachdem ich das Lied von „Gretchen am Spinnrad" gehört hatte, bin ich hochgegangen, um mich als neuer Nachbar vorzustellen, was man gewöhnlich tut. Doch niemand öffnete. Das war verwunderlich und merkwürdig. Und sehr enttäuschend. Ich klingelte nochmals. Wieder umsonst.

Ich stieg die Treppe hinunter und ging in meine Wohnung zurück. Und dann, einige Minuten später, hörte ich sie wieder, als ich schon im Bett lag. Diesmal redete sie mit jemandem. Sie war also nicht allein. Aber warum öffnete sie nicht? Nur mit viel Mühe konnte ich die Versuchung, aus dem Bett zu springen und nochmals bei ihr zu klingeln, unterdrücken.

Am darauf folgenden Tag hörte ich sie noch einmal. Aber auch die Stimme eines Mannes. Ich lag noch im Bett. Ich hörte Geschirr und Kaffeetassen klirren und dann ihre Stimme: „Man muss sie herüberholen, man muss sie ja, man muss sie ja!" sagte sie, so deutlich, so klar, als wäre sie neben mir im Zimmer. Als hätte sie zu mir gesprochen und nicht zu jenem Mann, dessen Stimme ich gleich darauf hörte. Seine Stimme war etwas weiter weg, es klang, als spräche er vom Wohnzimmer oder vom Schlafzimmer aus, obwohl ich den Eindruck hatte, dass sie zusammen frühstückten. Ein ausgiebiges Frühstück nach einer Liebesnacht. Dann herrschte eine unerwartete Stille. Und ich schloss nicht aus, dass ich mich getäuscht haben könnte, dass die Stimmen keineswegs aus der Wohnung meiner rätselhaften Nachbarin aus dem obersten Stock gekommen waren, sondern von irgendwo anders her, aus anderen Fenstern, anderen Wänden, oder dass sie eine Einbildung waren, die zeigte, dass ich sehr einsam war und mich nach jemandem sehnte, der mit mir redete, der mir Gesellschaft leistete. War ich auf einmal sentimental, verschroben und romantisch geworden? Ich dachte wieder an meine Tochter, die mir lange nicht geschrieben hatte. Ob sie in Bulgarien bleiben wollte oder daran dachte, irgendwann mal zurückzukehren? Wollte sie Kinder haben? Nicht mal ein Foto hatte ich von ihr in meiner neuen Wohnung.

Nie. Nie konnte ich herausfinden, wie groß die Augen von Frau Habel wirklich waren. Aber jedes Mal, wenn sie von Herrn Bahden sprach, konnte ich das Ausmaß des Hasses deutlich in ihren Augen sehen. Und sie sprach immer von ihm. Immer. Herr Bahden war ihr Lieblingsthema, ihre Leidenschaft. Sie sagte einmal, dass Herr Bahden zuhause nur Bücher habe und sonst nichts, und dass er zuhause bei sich drei Dinge nicht ausstehen könne: Kinder, Blumen und Tiere. „Wissen Sie, warum ihn seine Frau verlassen hat? Sie wollte Kinder haben und Blumen und Tiere. Und er? Er wollte gar nichts, nur seine Bücher.“ Sie holte kurz Atem und sagte dann: „Wissen Sie, und er hasst meine Plakate.“

Das Lieblingsthema der Menschen ist gewiss nicht der Freund, sondern der Feind. Das wusste ich. Der Freund definiert sich überhaupt erst durch den Feind; was nicht der eine ist, ist der andere. Ich glaube, dass dies eine große Lüge ist, wenn von bestimmten Personen gesagt wird, sie hätten nur Freunde und keine Feinde, denn ich glaube nicht, dass man Freunde haben kann, wenn man sich nicht zu allererst Feinde geschaffen hat. Und mir war klar, dass man umso mehr Freunde gewinnt, je mehr man über seine Feinde redet und sie schlechtmacht. Ein Feind, den zwei Gesprächspartner gemeinsam haben, kann als eine Basis für eine tiefe, ernsthafte und langanhaltende Freundschaft dienen. Doch diese Menschen müssen versuchen, dieses starke Bindeglied nicht zu verlieren, sonst ist es aus mit der Freundschaft. Der Feind ist ein prima Netz, um Freunde zu fischen. Mit ihm kann man den Kreis der Freunde vergrößern. Doch bei Frau Habel war das anscheinend nicht der Fall. Sie sprach immer wieder von Herrn Bahden, konnte aber den Kreis ihrer Freunde trotzdem nicht vergrößern, dies jedenfalls behauptete Herr Bahden. Vielleicht, weil sie, wenn ich Bahden richtig verstanden habe, überhaupt keinen Freundeskreis hatte, den sie hätte vergrößern können. Dies widersprach allerdings seiner Behauptung, wonach (zumindest am Anfang) die Freunde von Frau Habel, die bei ihr verkehrten, viel Lärm verursacht und ihn belästigt hätten.

Was er über Frau Habel erzählte, traf genauso auf ihn selbst zu. Ich glaube nicht, dass er, zumindest damals, wirklich Freunde hatte. Und auch er sprach immer nur von Frau Habel und von ihren Plakaten, die er, im Gegensatz zu ihrer Behauptung, keineswegs entfernen wollte, und von ihrer Katze, die wohl tot war. Ich glaube, dass Frau Habel mittlerweile, als Feind, so einen großen Platz in Bahdens Leben eingenommen hatte, dass er sie durch keine Freundschaft ersetzen würde. Und das Gleiche traf auch für sie zu. Für Bahden schien Nachbarschaft eine Art Feindschaft zu sein, eine zufällig zustande gekommene und zum Schicksal gewordene Feindschaft, wohl wie viele andere Zufälle, die sich nach und nach als schicksalhaft erweisen. Auch Bahden selbst war sich dessen bewusst. Er sagte einmal zum Beispiel: „Die Nachbarn sind alle durch dicke Wände voneinander getrennt, doch sie sind alle, wenn nicht durch Freundschaft, dann durch Feindschaft miteinander verbunden. Durch eine Feindschaft, die wie Luft von Raum zu Raum strömt, von Mund zu Mund, von Rachen zu Rachen. Und ungreifbarer ist als die Luft und besser und leichter die Wände entlang gleitet, auf leisen Pfoten, in alle Richtungen, wie eine Katze. Plötzlich ist sie da, und man bemerkt sie nicht; sogar durch die Wände hindurch geht sie, durch dicke Wände, und dann atmet sie mit einem in seinem Bett und schläft in seinen Armen, seinem Magen, die ganze Nacht, die ganzen Nächte, viele Jahre, und lässt einen keine Minute und keine Sekunde wirklich ruhen“. Diese Sätze waren für mich - ungeachtet ob wahr oder falsch - reine Poesie. Und es sollten andere folgen. Und ich muss sagen, dass ich Herrn Bahden deshalb schätze. Wegen dieser Sätze.

Ein anderes Mal sagte er: „Wo ich auch hinging, da sah ich sie. Wo ich auch war, da hörte ich sie, ich hörte sie von rechts und von links. So als ob sie mein Schicksal wäre, dem ich entfliehen wollte. Ganz gleich wo ich saß, saß das Schicksal neben mir wie ein schlafloser unruhiger Hund und bellte. Er bellte meinem fliehenden Schatten nach. Er bellte mein Lächeln an. Er verbellte meine Gedanken, meine Ruhe. Er bellte und bellte. Verstehen Sie?" Ich verstand ihn und doch nicht. Denn ich wusste dieses Mal nicht so genau, ob er von der Katze sprach oder von Frau Habel. Aber im Grunde genommen war das alles ganz gleich.

Und er kam immer wieder auf die Katze zurück, doch ihr Verschwinden hielt er trotzdem nicht für außergewöhnlich. Und er hatte sicherlich Recht. Denn Katzen kommen in einer großen Stadt durchaus abhanden, und auch Menschen verschwinden ja zur Genüge. Man müsste sich eigentlich ans Verschwinden gewöhnen. Doch nach Ansicht von Bahden gab es einen Unterschied zwischen dem Verschwinden der Menschen und dem der Tiere. Das Glück der Menschen bestehe ja darin, so Bahden, dass sie sich nach ihrem Zuhause erkundigen könnten und meistens wieder zurückkämen, ohne die Zuhilfenahme solch dämlicher Plakate, „doch für die armen Tiere ist das eher unwahrscheinlich."

An diesem Tag erfuhr ich, dass Herr Bahden auf dem linken Ohr ganz taub war. Was er hörte, hörte er ausschließlich auf dem rechten. Das rechte Ohr jedoch sei ganz und gar in Ordnung, versicherte er mir, so dass ihm nichts entginge. Ich ging links und er rechts. „Kommen Sie auf meine rechte Seite, bitte", sagte er. Er machte mir Platz an seiner rechten Seite, und ich wechselte hinüber. „Auf meinem linken Ohr höre ich nichts. Es ist beschädigt", sagte er zur Erklärung. Wenn er zu mir aufschaute, dann sah ich, dass sein linkes Ohr sogar größer war als das andere, als ob es sich zu oft angestrengt hätte, Wörter aus der Luft aufzufangen, so wie eine Katze Wollbälle aus der Luft schnappt. Und obwohl er behauptete, dass er mit dem rechten Ohr gut höre, bat er mich trotzdem, etwas lauter zu reden. Und wenn ich mit ihm zusammen war, dann sprach ich lauter. Das war nach vielen einsamen Stunden in der Wohnung eine Umstellung für mich und etwas mühselig. Wir waren die Straße am Stadtpark entlang gelaufen, auf dem Bürgersteig, und gingen dann zusammen ein Stück in den Park hinein. Während wir gemächlich dahinschlenderten, bat er mich erneut, auf seine rechte Seite zu wechseln, damit er mich besser verstehen könne. „Natürlich, auch die Tiere suchen nach ihrem Zuhause", fuhr er dann fort „doch bei ihnen geschieht dies nur triebhaft. Und der Trieb der Tiere hilft ihnen nur in der Natur. In einer großen Stadt wie unserer sind die Triebe blind, vollkommen blind, verstehen Sie?"

Ich verstand ihn sehr gut. Er sprach von der Blindheit der Triebe. Für mich jedoch gab es nur blinde Triebe und nichts sonst. Trotzdem versuchte ich mir vorzustellen, wie „sehende Triebe" aussehen würden, und ob es so was überhaupt geben könnte. Sehende Triebe. Die Vorstellung war nicht so einfach. Ich dachte an Sigmund Freud. Ich dachte an vieles. Doch es half nicht. Minuten später setzten wir uns auf eine der Bänke im Park, er links und ich rechts. Er wollte es mir jedoch noch besser veranschaulichen, was er soeben lediglich als These skizziert hatte. Seine Erläuterungen entbehrten keineswegs einer gewissen Logik, wie ich es von einem Dichter nicht unbedingt erwartete, auch wenn dieser Dichter seine literarischen Ambitionen längst hinter sich hatte, ohne genau zu wissen, seit wann und wo und weshalb. Bis auf einen Gedichtband, der in Vergessenheit geraten war und von dem außer Frau Habel vielleicht niemand überhaupt Notiz genommen hatte, gab es keine Spur davon.

„Stellen Sie sich vor", sagte er, „wenn Sie sich irgendwo nicht zurechtfinden, dann lesen Sie die Straßenschilder, sie sehen, wo rechts und wo links ist und so weiter oder Sie fragen nach einer bestimmten Adresse. Irgendwann sind Sie wieder daheim. Was können aber die armen Tiere mit Straßenschildern anfangen? Sagen Sie doch! Ja, sagen Sie! Gar nichts. Sie können gar nichts damit anfangen. Wenn ein Tier verloren ist, dann ist es für immer und ewig verloren, es sei denn, dass der Besitzer sich auf die Suche nach ihm macht und es findet, oder dass andere Menschen, anhand von Beschreibungen und Fotos wie auf jenem albernen Plakat von Frau Habel, das Tier ausfindig machen. Eigentlich selten. Und vor allem bei diesem Plakat! Niemand würde denken, dass eine Katze vermisst wird, man würde eher vermuten, das wäre Werbung für einen Zirkus. Und was wir jetzt im Haus mit Frau Habel erleben, ist ja ein Zirkus, finden Sie nicht? Ich habe hier viel Zirkus erlebt, ich lebe ja seit dreißig Jahren hier. Und ich sehe seit dreißig Jahren nichts als Zirkus. Und eine tote Katze im Mittelpunkt."

Wir betrachteten das Laub unter unseren Füßen, jeder für sich, während er erzählte und ich zuhörte. Ansonsten war nichts los im Park. Mir kam es vor, als hinge das Plakat vor unseren Augen, zwischen den Bäumen, und dass wir beide dort auf der Bank säßen, um es näher und gründlicher zu betrachten. Irgendwo, ziemlich weit weg von uns, spielten zwei Kinder. Und auch sie gingen fort, nachdem eine alte Frau, höchstwahrscheinlich die Großmutter, sie zu sich gewinkt hatte.

Wir standen auf und verließen den Park. Er trug

schwer an einer Einkaufstüte, in der sich auch ein Buch befand. Er war nicht mehr jung, und er keuchte. Ich ging auf seiner rechten Seite, für den Fall, dass ich etwas sagte. Wir waren bereits an unserem Wohnhaus. Er schwieg. Um Atem zu holen, dachte ich, und – wahrscheinlicher – damit Frau Habel ihn nicht hörte. Ich schaute nach oben, zum ersten Obergeschoss, wo sich das Fenster von Frau Habel befand. Das Fenster stand offen. Ich sah, dass sich der Vorhang leicht bewegte. Auch flüchtige Hände sah ich, die sich sogleich hinter dem Vorhang versteckten, wie der verhuschte Schatten von Schmetterlingen im Sonnenlicht. Und oben, ganz oben, wo Lana, die albanische Frau, wohnte, waren die dunklen Vorhänge zugezogen.

Im Treppenhaus, bevor Herr Bahden seine Wohnung auf der linken Seite betrat, stellte er seine schwere Einkaufstüte auf den Boden und zeigte auf das Plakat: „Finden Sie nicht auch, dass dieses Plakat eher für etwas anderes geeignet ist? Statt zu bewirken, dass der Betrachter darüber nachdenkt, wo er diese Katze gesehen haben könnte, wo sie stecken könnte, wird er von ihr in den Bann gezogen. Hypnotisiert. Und vergisst alles. Zu viel Kraft haben diese Augen, als wollte man einem fernen, ursprünglichen Trieb zwei sehende Augen geben. Und man vergisst, dass der Trieb mit blinden Augen sehen sollte, nur mit blinden Augen. Verstehen Sie?“

Tatsächlich strahlten die Augen dieser Katze einen fremden Zauber aus. Das ist aber, glaube ich, bei jeder Katze der Fall. Und sobald ich die Tür hinter mir geschlossen hatte, erinnerte ich mich an Lana und vergaß die Katze.

Als ich im Bett war, hörte ich sie wieder. Auch an diesem Abend war jener Mann bei ihr. Und er sprach länger als sie, so als bräuchte er die doppelte oder die dreifache Zeit, um dem, was sie sagte, etwas entgegenzusetzen. Und ich verstand ihn trotzdem deutlich weniger. Ich horchte angestrengt, spitzte die Ohren, um aus dem, was er sagte, mehr über die Frau zu erfahren. Doch ohne Erfolg.

Etwa eine Woche später, als ich aufgrund ihres Gesangs annehmen konnte, dass sie allein zuhause sei, beschloss ich, nochmals hoch zu gehen und mich vorzustellen. Ich ging also hoch und klopfte. Sie öffnete wieder nicht. Als ich begann, lauter zu klopfen, hörte sie auf zu singen. Dann begann sie von vorne, das gleiche Lied von Gretchen, diesmal leiser. Ich wartete, und während ich ihrem Gesang lauschte, betrachtete ich das Katzenplakat an der Wand. Sie sang weiter und öffnete nicht. Ich klopfte zum dritten

Mal, wesentlich lauter diesmal, und ihre Stimme verstummte ganz. Hatte sie gehört, dass jemand an der Tür stand und klopfte? Wusste sie, dass ich klopfte?

Zwei Stunden später, als ich wieder im Bett lag, vernahm ich ihre Stimme wieder, zuerst ganz leise, dann ein wenig lauter. Ich überlegte, ob ich erneut hingehen und klopfen sollte, verzichtete jedoch darauf.

Wenn dicke Wände zwischen den Menschen sind, die vielleicht durch Katzen und andere Tiere überwunden werden können, aber nicht durch die Menschen selbst, dann kann keine Freundschaft zustande kommen und genauso wenig eine Feindschaft. Es gibt ja keinen Anlass dazu. Deshalb konnte ich diesen tiefen Hass zwischen Herrn Bahden und Frau Habel anfangs nicht nachvollziehen. Ich stellte mir vor, dass da noch etwas anderes sein müsse als das, was die Wände ihnen vorgaukelten, eine Affäre, eine Liebe, eine enttäuschte Liebe, die bald darauf in Hass umgeschlagen wäre. Vielleicht noch nicht mal in einer weit zurückliegenden Vergangenheit, sondern vor kurzem, kurz vor meinem Einzug. Vielleicht. Wer weiß.

Und dann bestätigte Herr Bahden meine Vermutung. Ich begegnete ihm auf dem großen Platz am Markt. Auch das war ein Zufall. Man konnte aber trotzdem nichts anders erwarten als solche Zufälle.

Denn wenn er seine Wohnung verließ, ging er nicht weit weg, sondern er ging an den Geschäften in der Nachbarschaft vorbei, machte einen kleinen Bogen, einen kleinen Spaziergang, kleine alltägliche Einkäufe und kam wieder zurück. Auch ich verließ dieses Stadtviertel kaum. Er saß auf einer Bank und beobachtete das Treiben der Menschen. Nachdem er mich darum gebeten hatte, an seine rechte Seite zu treten, erzählte er, dass Frau Habel einmal kurz nach Mitternacht bei ihm geklingelt habe. „Es ist schon lange her", sagte er. Er hatte geöffnet und sie hereingelassen. „Sie war geschminkt wie eine Maske in venezianischer Fastnacht", erzählte er, „und sie tat betrunken". Er habe selbstverständlich schnell erkannt, was sie wollte, behauptete er. Doch er wollte gar nichts von ihr. „Nie habe ich etwas von ihr gewollt". Und als sie dies bemerkt und die Hoffnung aufgegeben habe, da habe sie, als wäre sie ein Mädchen auf der Drehscheibe in einer Peepshow, und er hätte gezahlt und wäre ihr Publikum jenseits des Gucklochs, da habe sie also angefangen, sich auszuziehen, und sich zwei, drei, vier und mehr Male um die eigene Achse zu drehen. „Bei den ersten zwei Drehungen", sagte er, „schaute ich ihr noch zu. Dann wendete ich mich ab. Als ich wieder hinsah, war sie gerade dabei, sich den letzten Fetzen ihres Fummels wieder anzuziehen. Sie schaute mich nicht an. Doch in ihrem Profil sah ich die große und schreckliche Enttäuschung. Aber warum Enttäuschung, fragte ich mich. Hatte ich ihr etwas versprochen? Sie ging hinaus und schlug die Tür zu."

Das sei aber nicht die ganze Geschichte gewesen, versicherte er mir nach einer kurzen Pause. Einmal sei sie sogar nachts in seine Wohnung eingedrungen, auf leisen Sohlen, „so leise wie ihre Katze", und erst, als er die flüchtige Berührung ihrer kalten Hand auf seinem Arm bemerkt habe, von der er zunächst gedacht habe, das sei die Katze, sei sie verschwunden (warum ist die Katze so kalt? Kommt sie etwa aus der Kälte? Diese Fragen habe er sich mehrmals gestellt). Als er am nächsten Tag Frau Habel „ganz freundlich" darauf angesprochen habe, weshalb sie nachts in seiner Wohnung gewesen sei, was zum Teufel sie dort gesucht hätte, habe sie geantwortet, er habe geträumt. „Angenommen ich hätte wirklich geträumt", sagte er, „dann hätte ich bestimmt nicht von ihr geträumt, sondern von irgendeiner anderen Frau. Glauben Sie mir, ich würde von allen anderen Frauen dieser Welt träumen, aber nicht von ihr. Aber das wollte sie nicht wahrhaben. Ein Traum, in dem Frau Habel vorkommt mit ihren kalten Händen, ist ein Alptraum und zugleich eine harte Realität." Nach einer kurzen Pause fuhr er fort: „Seit diesem Vorfall begegnete ich ihr nur noch ab und zu und flüchtig im Treppenhaus. Ganz selten auf der Straße. Doch immer wieder, wenn ich unten auf der Straße war, sah ich sie oben hinterm Fenster. Aber auch, wenn ich sie nicht sah, und sogar, wenn sie nicht da war, war ihre Abwesenheit genauso einnehmend, genauso störrisch wie ihre Anwesenheit. Vielleicht noch schlimmer. Ja, ich sage Ihnen, noch schlimmer. Denn wenn sie da war, dann war sie entweder vor mir oder hinter mir oder rechts von mir oder links von mir. Aber wenn sie abwesend war, dann war sie überall. Sie konnte von überall her auftauchen, von rechts, links, oben oder unten. Ihre Stimme konnte von überall herkommen. Sodass ich nirgendwo sicher war vor ihr. An keinem Ort. Nirgends."

Ich erinnere mich ganz gut. Es war an einem Sonntagnachmittag. Nachts hatte ich wenig geschlafen und lag wie die meisten Sonntagnachmittage im Bett. Ich hörte Lana eine lange Weile summen und dann die gleiche alte Melodie pfeifend fortführen. Während dieser Stunden hörte ich sie mit niemandem sprechen und nahm deshalb an, dass sie jetzt allein zuhause wäre. Zuvor hatte ich sie mehrmals am Telefon, im Flur, sprechen hören. Einmal hatte ich sogar den Eindruck, dass sie das Telefon ins Badezimmer mitnahm und ihr Gespräch von dort aus fortsetzte (Mitten in ihrem Satz hörte ich die Spülung und das Rauschen im Abwasserrohr. Dann kam sie in die Küche. Sie schien Wasser aufzusetzen. Sie schwieg eine Zeitlang. Dann hörte ich ihre Stimme wieder, eine Melodie singend, das gleiche Lied: Meine Ruh` ist hin, mein Herz ist schwer; ich finde sie nimmer, und nimmermehr, ...“

Ich war jetzt hellwach. Doch ich blieb weiterhin

im Bett und starrte an die Decke, die weiße Decke. Möglicherweise dreißig bis vierzig Zentimeter dick. Nur dreißig bis vierzig Zentimeter Hindernis, durch das ich meine Hände, wie ein Geist, strecken und sie berühren könnte. Die Nachbarin berühren, ohne sie zu sehen, wie ein Blinder. Wieso gelangte ihre Stimme so deutlich zu mir? Sie sang nicht laut. Sie sang leise, sehr leise sogar. Doch ich hörte sie. Ich hörte sie in meinem Inneren.

Sie brach dann wieder ab und pfiff den Rest des Liedes. Da ich mich jetzt sicher wähnte, dass sie alleine war, sprang ich aus dem Bett, kleidete mich an, machte meine Haare vor dem Spiegel im Bad zurecht, trat hinaus, ging hoch zu ihrer Wohnung und klingelte. Doch es öffnete wieder niemand. Ich ging zurück. Legte mich mit Jeanshose und Hemd ins Bett. Stundenlang. Aber ich hörte sie an diesem Tag nicht mehr.

Einen Tag später, als ich auf der anderen Straßenseite war und das Haus von außen betrachtete, bemerkte ich seine merkwürdige konische Form, die mich in meiner Vorstellung von dem Gebäude als alttestamentarischen Turm zu Babel bestätigte. Mit jedem Stockwerk nahm die Breite einige Meter ab, die ganze Architektur des Gebäudes schien auf die Vollendung in eine Spitze hinzustreben, die jedoch nur Vorstellung bleiben musste, da das Haus nach oben hin von einem niedrigen Dachboden begrenzt, gewissermaßen profanisiert wurde. Dieser Dachboden schien unbenutzt; Lana wohnte direkt unter dieser Kammer, hinter den zugezogenen Vorhängen.

Auch ihre Wohnung hatte schräge Wände. Die Fenster waren geschlossen, auch die dunkelblauen Vorhänge hinter den zwei kleinen Fenstern waren zugezogen. Und an späteren Tagen, wenn ich neugierig war und nachschaute, sah ich nur diese zugezogenen Vorhänge, diese geschlossenen Fenster, und jedes Mal fragte ich mich, ob sie keine frische Luft haben wollte, keinen Lichtstrahl?

Wenn Herr Bahden von Leila und ihrer Besitzerin sprach, oder auch wenn ich - jeden Tag - an den Plakaten im Treppenhaus mit einem mehr oder weniger flüchtigen Blick vorbeikam, schien mir, dass das Verschwinden jenes Haustieres das größte Ereignis war, das dieses Gebäude in seiner langen Geschichte erlebt hatte. Auch ich erwartete jetzt nicht, dass etwas Großartiges geschah. Doch auf eine Bekanntschaft mit Lana hoffte ich sehr. Ich wartete darauf, dass sie einmal für mich öffnete oder dass ich ihr im Treppenhaus begegnete. Ich wartete auf ihre Stimme. Doch ihre Stimme hörte ich nur, wenn ich im Bett lag. Auch das war merkwürdig. Ich hatte aber keine Erklärung. Ich versuchte, dies trotzdem mit dem direkten Kontakt des Betts und der Wand in Verbindung zu bringen. Und um ihre Stimme zu hören, musste ich ständig ins Bett gehen und dort wach bleiben und warten. Und wenn ihre Stimme kam, dann hatte es sich gelohnt.

Herr Bahden, der Dichter, behauptete, Worte seien wie Vögel, wie kleine Vögel. „Sie fliegen", meinte er. Und wenn sie nicht stark genug seien, dann stürben sie gleich nach dem Abprall gegen die erste Wand.

Aber Lanas Worte hörte ich trotzdem, sie starben nicht. Auch Herr Bahden hatte dafür keine Erklärung. Als ich ihm davon erzählte, starrte er mich kurz an und sagte nichts. Er schien in seinen eigenen Gedanken versunken zu sein. Ich hatte den Eindruck, dass seine Worte diesmal in seinem Kopf eingeschlossen blieben wie in einem Käfig. Ich stellte mir nicht nur Josef Bahdens Kopf, sondern alle Köpfe, auch meinen eigenen, als Käfige voller Worte mit offenen Fenstern vor, wodurch die Vögel hinaus und hinein flogen. Doch dieser Käfig blieb vorläufig geschlossen und es kam kein Wort heraus. Ich war unruhig. Dann bezog ich mich auf das Buch, welches Frau Habel erwähnt hatte, und fragte Herrn Bahden, ob das mit dem Gedichtband stimme.

„Wie? Ein Dichter? Nein. Ich bin kein Dichter. Ich habe vieles geschrieben, aber nichts veröffentlicht, überhaupt nichts. Keinen Gedichtband."

„Und was haben Sie mit dem gemacht, was Sie geschrieben haben?" Er antwortete wieder nicht.

Herr Bogen verwaltete noch andere Häuser, von denen er mir das eine und das andere gezeigt hatte, wenn wir zufällig dort vorbeigekommen waren. Und selbstverständlich sah ich, dass aus diesen Häusern viele Menschen, vor allem aber Kinder, herausströmten und in alle Himmelsrichtungen marschierten und in allen möglichen und unmöglichen Sprachen dieser Welt redeten, schimpften, lachten und schrien. Jedes Mal, wenn ich diese Kinder sah, dann dachte ich an meine eigene Tochter, die mittlerweile eine erwachsene Frau war und vielleicht sogar selbst nun ein Kind erwartete. Als kleines Kind wollte sie alle Länder bereisen und alle Sprachen der Welt lernen. Doch später begnügte sie sich mit ihrer Muttersprache. Als junge Frau, wenn sie die unmittelbare Zeugin der Streitigkeiten zwischen mir und ihrer Mutter war, da verstummte sie ganz. Für mehrere Tage blieb das Schweigen ihre einzige Sprache, ihre einzige Waffe. Zorn, Enttäuschung, Vorwurf und vieles mehr waren die lauten, ausdruckstarken Wörter dieser stummen Tage. Ich versuchte, daran nicht zu denken.

Einmal, als ich Herrn Bogen zufällig auf der Straße begegnete und dann mit ihm ein Stück zusammen ging, zeigte er auf mehrere Häuser in der seitlich gelegenen Straße. Dies alles seien seine Häuser, die er vermiete, behauptete er. Später wurde mir klar, dass sie nicht wirklich seine Häuser waren. Er war nicht der Eigentümer. Es waren Häuser und Wohnungen, die er an diverse Mieter vermittelt hatte und die er weiter vermitteln würde, sobald einer dieser Mieter auszöge. Ihm waren natürlich die Mieter lieber, die nicht so lange blieben. Blieben sie ganz lange, so würde er, als Makler, keine Rolle mehr spielen und vor allem nichts verdienen, es sei denn, dass er Kontakte mit anderen Hauseigentümern knüpfte; es war nicht so einfach. Andererseits aber wollte er keine Mieter, deren Aufenthalt in „seinen Häusern" von zu kurzer Dauer wäre, so dass die Hauseigentümer ihn als unfähigen Makler betrachten würden, der nicht imstande wäre, dauerhaft verlässliche Mieter für sie zu finden. Seine idealen Mieter befanden sich irgendwo in der Mitte zwischen beiden Extremen. Ich dachte an Herrn Bahden und Frau Habel und versuchte mir vorzustellen, wie er denn zu ihnen stünde, nach so vielen Jahren. Und wie lange ich dort wohnen müsste, um für ihn ein guter Mieter zu sein.

Er selbst wohnte in einer kleinen Stadt in der Nähe. Dort lebte er mit seiner Familie in dem einzigen Haus, welches er wirklich besaß. Hier in der Großstadt hatte er noch ein Geschäft für Motorräder, und das seit über vierzig Jahren. Dieses Geschäft hatte er allmählich vergrößert. Wenn ich dort an der Ecke vorbeilief, sah ich Suzukis, Mitsubishis, Hondas, Toyotas, Mazdas und so weiter hinter dem großen Schaufenster. Und über dem Schaufenster ein großes, rechteckiges Schild, gelb, umrandet mit schwarzen und roten Linien: BOGEN. Dabei waren die fünf Buchstaben so angeordnet, dass sie formal wie ein Bogen aussahen, ein schwarzroter Bogen im gelben Rechteck.

Jene japanischen Namen begleiteten ihn durch das ganze Leben, sagte er. Gleich wo er hingehe, gleich wo er sei. Es seien Bezeichnungen, die jeder verstehe, unmissverständliche Wörter einer internationalen Sprache. Wörter, die Grenzen überschritten und Räume durchquerten, die überall verstanden würden und in jedem fremden Raum einen Sinn ergäben.

„Mit Suzuki“, sagte ich zu Herrn Bogen, „mit Suzuki, Honda, Mitsubishi, Mazda, Yamaha und so weiter besitzen Sie, zumindest im Notfall, einen keineswegs unbeachtlichen japanischen Wortschatz, dessen Sie sich gut bedienen können, um mit Japanern zu kommunizieren, und nicht nur mit Japanern.“

„So ist es“, gab er mir zur Antwort.

„Ich stelle mir vor", sagte ich ihm dann augenzwinkernd und mit leichter Ironie, „dass das die Sprache ist, in der Sie manchmal träumen, Herr Bogen!". „Ach nein, nicht wirklich", erwiderte er, „was mich wirklich in Sehnsucht versetzt, ist ein anderes japanisches Wort. IBIKI heißt es, und es bedeutet so viel wie Schnarchen. Sie werden lachen, aber ich meine es ganz ernst."

Ich musste in der Tat lachen. Gleichzeitig sah ich ihn an, um herauszufinden, ob er es wirklich ernst meinte. Er fügte dann hinzu, dass er vor sehr vielen Jahren im Rahmen einer intimen Freundschaft mit einer jungen Frau in Tokyo, die seine erste Liebe gewesen und der er über Motorradgeschäfte begegnet sei, dieses Wort gelernt habe. Dieses Wort trage er wie eine Kostbarkeit mit sich, seit vielen Jahren, wo auch immer er hingehe. „Ja, IBIKI bedeutet so viel wie Schnarchen. Aber im Gegensatz zum deutschen Wort ist das japanische so rhythmisch, so…, wie soll ich das sagen, voller Frische, so keusch wie junge Blüten im Frühling, wie junge japanische Blüten im Frühling. Waren Sie in Japan? Sie sollten einmal im Frühling dorthin gehen, im Frühling."

Er wurde plötzlich sehr lebhaft und seine Augen leuchteten äußerst animiert; sie strahlten wie die eines verliebten Jungen. Und ich dachte, wenn er sich jetzt auf den Weg machen würde, würde er nicht hinken. „Ich liebe dieses Wort", fuhr er fort, „will aber an seine Bedeutung nicht denken, damit ich nicht gegen das Wort SCHNARCHEN pralle. Es gibt selbstverständlich schlimmeres als Schnarchen, Sachen, die die Wörter regelrecht verunreinigen. Verstehen Sie? Es ist banal, aber es ist so. Und wenn ich trotzdem ans Schnarchen denke, dann bin ich sicher, dass die Welt des Schlafs und Schnarchens im Land der aufgehenden Sonne eine ganz andere Bedeutung, vielleicht auch eine ganz andere Dimension hat, als im deutschen Sprachraum. Und vergessen Sie bitte nicht, dieses Wort hörte ich aus dem Munde meiner ersten Liebe, und ich höre es immer noch, immer wieder, es klingt nach Jugend, nach Anfang, nach Schönheit, nach Liebe, und wenn ich es höre, dann habe ich Sehnsucht nach meiner Jugend." Er schwieg und ging fort, ohne sich zu verabschieden, und ich sah zu, wie er hinkte.

Meine Frau hatte mir eine Postkarte geschickt mit der Bitte, oder eher mit dem Befehl, „unsere Tochter" nicht zu vergessen, sie nicht allein zu lassen, ihr zu schreiben, sie anzurufen. Dabei hätte sie mir zumindest die Adresse meiner Tochter schreiben können oder ihre Telefonnummer, ihre E-Mail-Adresse. Aber nichts dergleichen. Wo war sie jetzt? Und angenommen, ich hätte ihre Adresse, was hätte ich ihr schreiben sollen, was hätte ich ihr schreiben können? Dass sie auf sich aufpassen müsse, so wie jeder Vater es seiner Tochter einzureden versucht? Und was sonst? Der Gedanke machte mich lustlos, und ich freute mich, dass ich ihre Adresse nicht hatte und ihr daher nichts schreiben musste. Eine gerechtfertigte Sache für mich und mein Gewissen. Sie war jetzt mit ihrem Leben beschäftigt und ich hier mit meinem eigenen. Und ich muss sagen, dass Herr Bahden und Frau Habel meine Gedanken jetzt mehr beschäftigten als sie, die Tochter, die so weit weg war.

Und obwohl mich mit Herrn Bahden und Frau Habel nichts Inniges verband. Gar nichts, außer diesen Wänden, die uns zugleich trennten.

Es ist wohl möglich, dass Herr Bahden Recht hatte. Wenn Frau Habel nicht von ihm redete, dann von ihrer Katze: „Auch hier, auf den Straßen, sehe ich sie, höre ich sie“, sagte sie einmal, als ich ihr auf dem Platz am Ende unserer Straße begegnete, „Leila hat überall Spuren hinterlassen. Wo ich auch war, sie war bei mir. Auch jetzt folgt sie mir, glauben Sie mir, ich höre sie miauen, manchmal vor mir und manchmal hinter mir. Und immer wieder neben mir. Sie hat viele Spuren hinterlassen, wie ein kleiner Mensch. Glauben Sie mir, ich höre sie miauen von den Wänden, aus den Gemäuern. Sie können sich nicht vorstellen, wie es sich anfühlt, einmal eine Katze gehabt zu haben. Sie haben keine Katze gehabt, bis jetzt, sagten Sie mir einmal. Probieren Sie es doch eines Tages und Sie werden sehen. Haben Sie einmal eine Katze, dann möchten sie immer eine Katze haben und zwar dieselbe. Eine Katze ist nicht wirklich ersetzbar. Sie möchten immer dieselbe Katze haben, auch wenn sie entlaufen ist. Auch wenn sie tot ist, begleitet sie Sie überall, so als wäre sie noch am Leben. Sie hören sie miauen von jeder Mauer. Sie schauen die Gemäuer an, und sie sehen, dass sie irgendwo, nicht so weit, aber auch nicht so nah, auf der Spitze einer Mauer sich räkelt und miaut, auch wenn sie tot ist, auch wenn sie längst tot ist, glauben Sie mir.“

Josef Bahden hatte in seinem Leben Verschiedenes ausprobiert. Während seines nicht zu Ende geführten Literaturstudiums hatte er dauernd gearbeitet, Geld verdient, hier und dort, in verschiedenen Firmen, in dieser Stadt und in anderen umliegenden kleineren Städten. Zwei Semester lang hatte er sich sogar mit Nachhilfeunterricht in Physik und Chemie finanziert. Warum er sein Studium abgebrochen und was er danach wirklich gemacht hatte, das erzählte er mir nicht. Hinterher aber erwähnte er, dass er ein Jahr lang als Staplerfahrer bei Volkswagen gearbeitet und kein schlechtes Geld verdient habe, zur gleichen Zeit habe er Gedichte geschrieben. Dann sei er viel gereist, erst nicht weit weg. „Weit entfernte Städte" in Deutschland, von einer Stadt in die andere. Ein, zwei Mal auch ins Ausland. Mal ganz weit, mal gar nicht so weit. Aber wo er auch gewesen sei, habe er sich weit weg gefühlt und einsam, fremd und verlassen. Trotzdem sei das nicht sein wirkliches Problem. Sein Problem sei, dass er nicht wisse, wohin er gehen, welchem Punkt er sich nähern beziehungsweise von welchem Punkt er sich entfernen sollte, damit er dort ankomme, wo er ankommen sollte. Ja, das sei sein wirkliches Problem, sagte er. Und dafür hatte er keine Lösung gefunden.

Einmal ist er einer Geliebten aus Argentinien gefolgt, ein anderes Mal war er in Irland – und er wusste selber nicht so genau wieso - bis er am Ende wieder in diese Stadt kam, wo er geboren wurde, und dann „zu seinem Glück" in dem gleichen Haus eine Wohnung fand, in der er vor dem Krieg, als Einzelkind, mit den Eltern aufgewachsen war. Das Haus war während des Kriegs vollkommen zerstört gewesen und danach als vollkommen neues Haus aus den Ruinen erstanden. Doch der Platz, die Straße, die Erinnerungen, alles war da. Und er hatte sich darauf gefreut. Das hatte aber leider nicht allzu lange gedauert. Bald darauf wusste er, dass dieser Ort nicht der war, den er suchte. Er blieb aber trotzdem, einfach so. In diesem Haus also, im Erdgeschoss, wo ich ihm nun Gesellschaft leistete. Hier wohnte er seit dreißig Jahren. Seitdem er hier ist, ist seine Welt die dieses Hauses, die der Frau Habel (sie war lange vor Bahden ins Haus gekommen), und die der Straßen, die nicht so weit führen. Er saß auf dem Sofa und betrachtete die Wohnung seiner Kindheit, die in seinem

Gedächtnis fortlebte, sagte er. Täglich gehe er hinaus, eine oder zwei Straßen weiter, kaufe etwas oder kaufe nichts, oder er gehe in eine Buchhandlung, lese in einem oder in mehreren Büchern, dann komme er zurück und höre die alten Stimmen seines Gedächtnisses. Aber gleich, ob er etwas kaufte oder nicht, ob er mit anderen Menschen in Kontakt kam oder nicht, Frau Habel und ihre Katze drangen in seine Welt ein. Sie waren allmählich die lautesten, die sichtbarsten und die greifbarsten unter den Wesen, die in seinem Kopf lebten. Und für diese zwei, für Frau Habel und ihre Katze, gab es bald darauf keine Konkurrenz mehr, weder in der Wohnung noch auf den Straßen oder sonst wo in der Stadt. Und keineswegs in seinem Kopf. Und seine Kindheits- und Jugenderinnerungen waren trotzdem nicht weit weg. Sie waren alle in seiner Nähe. Er sagte, dass er nur ein paar Schritte weiter laufen müsste, damit er die Plätze wieder sehe, an denen er als Kind gespielt habe. Er fand die Plätze immer wieder, auch wenn die umliegenden Gebäude schon lange umgebaut waren und das Stadtviertel ein ganz anderes Gesicht bekommen hatte. Nur einen Katzensprung weiter und er konnte dem Kind wieder begegnen, das er selbst gewesen war, und mit ihm sprechen, so viel er wollte. Mit ihm spielen. Doch allmählich war die Anwesenheit von Frau Habel so stark, dass sie sich zwischen ihn und seine Vorstellungen - seine wahre Welt - stellte, zwischen ihn und das Kind, so dass er nichts mehr sah außer Frau Habel. Er wartete, dass ihre Kraft abnahm, doch sie nahm zu, tagtäglich. Herr Bahden wusste mittlerweile nicht mehr, ob zwischen den Wänden dieses Hauses seine Wünsche allmählich kleiner und bescheidener geworden waren oder sein Wille, sie zu verwirklichen. Und was waren seine Wünsche überhaupt? Das wusste er nicht mehr so genau, oder er hatte sie so gut verdrängt, dass er sie nicht mehr zum Ausdruck bringen konnte. Er wusste allerdings, dass sein ganzes Leben, seine Bestimmung und sein Schicksal nun darin bestanden, gegen Frau Habel zu kämpfen, sich von ihr zu distanzieren, sich zu befreien. Er wollte nicht nochmals umziehen, auf keinen Fall, er wartete, im Gegenteil, Tag für Tag, dass sie ausziehen würde. Doch zu seinem Unglück war sie ebenfalls dort geblieben. Und so hatte der Kampf dreißig Jahre lang gedauert. Jetzt waren beide alt. Und der Kampf hielt an und wollte nicht aufhören, bis er dann doch aufhörte, und zwar mit dem plötzlichen Tod von Frau Habel. Aber ob das wirklich aufhörte?

Gewiss, Herr Bahden war geistig obdachlos. Um die geistige Obdachlosigkeit zu erfahren, muss man nicht ein bestimmtes Grundstück, den Geburtsort oder die Heimat verlassen. Man kann regungslos auf dem gleichen Platz hocken und sich zur gleichen Zeit unendlich von der Heimat entfernen.

Es geht also nicht um ein rein geografisches Sich-Entfernen. Sonst könnte man die Heimat in den eigenen Kopf stecken - so wie ein Reisender das Nötige in seinen Koffer steckt - und sich auf den Weg machen, und sobald man angekommen ist - ganz gleich wo - kann man den Koffer auspacken und den Inhalt, die Heimat, herausnehmen und sie wie eine entzückende Blume, die nie verwelkt, in eine Vase ans Fenster stellen. Oder sie wie eine kleine Sonne, die niemals untergeht, an einer geeigneten Stelle an seinen Himmel hängen und sie dann Tag und Nacht unermüdlich betrachten und genießen.

Und das noch. Esperanto. Wir haben ja genug Sprachen, die wir nicht verstehen, und mit Esperanto ist eine andere dazu gekommen. Mit ihr kam ich zum ersten Mal in Kontakt in diesem Haus. Es gab zu viele merkwürdige Sprachen in dieser Welt, von denen ich nur die Namen kannte. Diese Sprache beherrschte anscheinend Herr Borosch, der Nachbar aus dem zweiten Stock, der nur selten zuhause war. Und wenn er zugegen war, dann war er, im Gegensatz zu den anderen Einwohnern, gleich mit seiner ganzen Sippe da, die im Treppenhaus hoch und runter lief und ungarisch daherschwatzte. Nur an solchen Tagen konnte Frau Habel diesen Lärm, der alles Akustische im Haus überschattete, ausnutzen und ungestört in der eigenen Wohnung hin und her laufen, so oft es nötig war, so oft sie wollte, und ohne Furcht, dass Herr Bahden bei ihr klopfen würde. Und wenn er trotzdem zu ihr hochkam und nachfragte, dann sagte sie, das sei der Lärm der Familie von Herrn Borosch gewesen. „Hören Sie nicht, dass alles ungarisch klingt?" hatte sie gesagt. Herr Bahden glaubte es ihr nicht. Aber das war ihr egal. Herr Bahden glaubte ihr ohnehin nichts. Er wisse, sagte sie, sowieso nicht, wie Ungarisch klinge, er verstehe sowieso keine Sprache, nicht mal seine eigene.

Später erfuhr ich, dass Herr Borosch nur seine Ferien hier verbrachte. Er war der Angestellte des Herrn Bogen in Osteuropa, und je nach dem, was für einen Auftrag er bekam, ging er noch weiter und verließ Osteuropa, er ging sogar bis nach Tibet. Und anschließend, als er fest überzeugt davon war, dass Honda, Suzuki, Yamaha, Mitsubishi, Mazda und so weiter selber eine Sprache bildeten, die jeder verstand, auch in entlegensten Regionen dieser Erde, schickte ihn Herr Bogen nach Lateinamerika, sogar zu den Indianern. Mir war klar, dass Esperanto ihm auf diesen Geschäftsreisen nicht zur Seite stand, ihn im Gegenteil nur behinderte, denn die Wörter dieser Sprache nahmen ihm den Platz in seinem Kopf, den er für das Erlernen der Sprache seiner neuen Geschäfte nötig hatte. Und allzu viel Platz hatte er ja in seinem Kopf nicht.

Warum Herr Bogen ihn angestellt hatte, das erfuhr ich nicht so genau. Fest stand, dass er, im Gegensatz zu Herrn Bogen, keine technischen Kenntnisse in Sachen Motorräder besaß. Dieser Ungar, Herr Borosch, hatte jahrelang nichts anderes getan, als Esperanto zu lernen, Esperanto zu sprechen, Esperanto zu träumen und Esperanto ein- und auszuatmen. Und später hatte er versucht, dieses zu pflegen, indem er unentwegt mit Leuten der gleichen Sprachakademie (die damals in Budapest den Sitz hatte) regelmäßig kommunizierte. Doch nach der Wende waren sie in alle Himmelsrichtungen verstreut und zum Teil auf mysteriöse Art und Weise verschwunden. Daraufhin hatte Herr Borosch sein Esperanto jahrzehntelang ungenutzt in seinem Inneren getragen, wie einen Besitz, der zu nichts taugte, den niemand ihm abnahm, den niemand ihm klauen wollte, wie das IBIKI von Herrn Bogen. Doch im Gegensatz zu der Kostbarkeit IBIKI, die wie Blüten im Frühling des Herzens von Herrn Bogen frisch blieb und ihn dann und wann animierte, sah Herr Borosch mit viel Bedauern und Wehmut, dass seine hochgeschätzten Esperanto-Wörter verwelkten wie in einer einsamen Vase in einem verlassenen Haus. Jeden Tag mehr. Bis nichts übrig blieb als einige erbärmliche, vertrocknete Wörtchen und Wortfetzen und Blätter, und eine leere Vase, die in das Haus gähnte und auf eine neue Blume wartete, die nicht kam.

Aber die spannende Wende im Leben dieses Ungarn war eigentlich später gekommen, mit dem Internet.

Er hatte per Internet endlich einen Herrn aus Liechtenstein kennengelernt, der ebenfalls Esperanto sprach. Sie verständigten sich auf ein Treffen in einem mittelmäßigen Restaurant in der Stadtmitte. Als sie dort Platz genommen hatten - so erzählte mir Bahden, der seinerseits von dem Ungarn die Geschichte gehört hatte - kam ihm kein Wort in den Sinn, so als wären die Überreste seiner wenigen Wörter durch Strapazen der langen Reise aus seinen Taschen gerutscht, wie wertlose Papierfetzen. Aber auch der andere, der Mann aus Liechtenstein, der extra hierher nach Deutschland gekommen war, wollte scheinbar gar nicht reden. Und Borosch hatte sich die Frage gestellt, ob der Herr aus Liechtenstein überhaupt reden konnte? Ob er wirklich eine Stimme hatte? Er war sich seiner eigenen Stimme auch nicht sicher.

Sie hatten einander gegenübergesessen an einem Tisch in der Mitte des Restaurants, und jeder hatte zugesehen, wie der andere gelutscht, gekaut oder geschlürft hatte. Und jeder hatte sich auf das Kauen des anderen so konzentriert, dass für die Kellner und die Gäste kein Zweifel bestand, dass diese zwei schicken Herren dort eingetroffen seien, um eine bestimmte Spezialität der Region, den Rheinischen Sauerbraten etwa, den sie beide bestellt hatten, zu erforschen. Nur zu erforschen, im Stillen, mit höchster Konzentration, sonst nichts.

Es hatte wirklich so ausgesehen, so hatte der Ungar erst im Nachhinein gedacht, als wären die beiden, er und der Mann aus Liechtenstein, über weite Wege hierhergekommen, um diese Spezialität zu untersuchen. Dabei hatte Herr Borosch nicht nur nichts untersucht, sondern auch dabei überhaupt nichts gedacht, er war sozusagen leer wie eine Walnussschale im Herbst. Ja, dieses Bild verwendete Josef Bahden, dem Herr Borosch seine Geschichte erzählt hatte. Josef Bahden versicherte mir, dass Herr Borosch sehr gut und akzentfrei Deutsch sprach. Herr Borosch hatte erzählt, dass es ihm eigentlich ganz gleich gewesen war, ob der Löffel des Gegenübers leer oder voll zum Mund ging. Es war ihm ganz gleich, ob sich der Löffel überhaupt noch nach oben oder nach unten bewegte. Ihm hatten die Wörter für jegliche Gedanken gefehlt, für jegliche Kommunikation, für alles, was sich bewegte, für alles, was stillstand, einfach für alles. Schließlich seien ihm doch ein paar Sätze eingefallen, die ausschließlich um das Essen und seine Zutaten gekreist waren, um den Rheinischen Sauerbraten. Das hatte dazu geführt, dass sie sich jetzt noch mit mehr Scharfsinn auf das, was sie zum Mund nahmen, konzentriert hatten als zuvor, und sich dadurch die Annahme der Anwesenden, sie seien irgendwelche Lebensmittelforscher, noch mehr bestätigte.

Nicht damals, nachdem die Männer sich verabschiedet hatten, sondern viele Jahre später, als von seinem Esperanto gar nichts mehr übrig geblieben war, so hatte Herr Borosch ergänzt, habe er an Esperanto gedacht und sich gefragt: „Wo blieb meine Seele in dieser künstlich hergestellten Sprache? Wo blieb sie?“ Ob er sich wirklich diese Frage gestellt hat, bin ich mir nicht sicher. Vielmehr denke ich, dass war nur eine Mutmaßung des Herrn Bahden.

Herr Bahden hatte bisher in der Tat kein Buch veröffentlicht. Er hatte allerdings vor, ein einziges kleines Büchlein herauszubringen. Es ging um eine Sammlung von Fragmenten über Wände, über Innen- und Außenwände, und weitere Bruchstücke über ganz andere Themen, enthielt aber, unter anderem, literarische Texte. Das Ganze trug den Titel GRENZGANG.

„Ich habe keinen einzigen Gedichtband veröffentlicht", betonte er noch einmal, ohne dass ich ihn erneut darauf angesprochen hätte, „obwohl ich mein ganzes Leben der Meinung war, und immer noch bin, dass die Dichtkunst die einzige Wahrheit ist. Ich war aber trotzdem nie fähig, in der Dichtkunst zu leben, die doch der einzige Ort war, an dem ich wirklich zu leben wünschte. Kommen Sie bitte auf meine rechte Seite. Habe ich Ihnen noch nicht gesagt, dass ich auf der linken nichts höre?" Ich wechselte zu seiner rechten Seite und er fuhr fort: „Die Fantasie, ach die Fantasie! Auch sie war mit mir in den vier Wänden eingekesselt und fand keinen Ausweg. Wie ein Vogel, der nicht fliegen kann. Ich blieb hier. Eine harte Realität für mich. Diese Wände und Frau Habel und ihre Katze. Das ist meine ganze Dichtung. Meine ganze Wahrheit. Lächerlich. Den Rest kennen Sie ja, das Alltägliche. Was mache ich hier? Und Warum? Warum hat mich diese Frau so lange beschäftigt? Und ihre Katze? Warum habe ich mich mit Architektur befasst und in meinem Kopf Häuser gebaut, hier und dort? Vor allem Häuser in meinem eigenen Kopf, die nie verwirklicht wurden, und warum zu viele Wände? Wieso bin ich hier gelandet, so als gäbe es keine andere Wohnung in der Stadt, keine anderen Vierwände in der Welt? Ich glaube, ich habe immer gewartet, dass Frau Habel ausziehen würde. Aber sie zog nicht aus. Sie geht davon aus, dass in anderen Häusern der Stadt, je nachdem, wo wer wohnt, viele Menschen anderer Länder zusammentreffen. Man ist immer wieder benachbart nicht nur mit ungeheuer vielen Menschen, sondern mit einer großen Anzahl an Ländern. Nur Wände, dicke Wände aus Beton, oder ganz dünn, aus was weiß ich, trennen uns von den jeweiligen Ländern. Es ist so, als wachten wir morgens in fremden Ländern auf, ohne dass wir uns von der Stelle bewegt haben. Die Länder tragen, so Frau Habel, ihren Kram auf den Schultern und quartieren sich alle in ein Haus ein.

Dann fangen sie alle an, durcheinander zu reden, zu singen, zu baden, oder auch, zu schnarchen. Jeder auf eine bestimmte Art und Weise, jeder in einer anderen Sprache. Immer gleich und zur gleichen Zeit immer anders. Und ich? Ich wollte ebenso wenig weg von hier. Aus verschiedenen Gründen. Mittlerweile sind wir, Frau Habel und ich, die Ältesten in diesem Haus. In jeder Hinsicht. Ich bin hier geblieben, und alles ist mit mir älter geworden, meine Gefühle, meine Fantasie, mein Kopf. Auch meine Wände. Auch mein Kampf mit Frau Habel ist mittlerweile älter geworden und möchte sich lieber ergeben, ohne auf mich, den Kämpfer, zu achten, ob ich will oder nicht. Stellen Sie sich einen Kampf vor, der schon längst verloren ist, ohne dass der Kämpfer Bescheid weiß. Der Kämpfer ringt einfach weiter, dabei hat sich der Kampf längst ergeben und für beendet erklärt. Können Sie sich einen einsameren Kämpfer vorstellen als den, der von allem, auch von seinem eigenen Kampf, getrennt ist, ohne dass er Bescheid weiß? Er weiß nicht mal, dass der Kampf schon längst zu Ende ist. Und gesetzt den Fall, er wüsste davon; ob es dann für ihn eine Rettung gäbe? Nein, es gibt keine, er muss einfach weiter kämpfen. Und was ist mein Kampf". Er holte tief Atem, und nach einigen Minuten sagte er: „Ich denke immer noch an den Flug der Wörter, den Flug mit den Wörtern. Den fliegenden Teppich meiner verlorenen, meiner nie geschriebenen Gedichte. Ja, der Kampf geht weiter. Sie haben mir einmal erzählt, dass Sie auch schreiben. Was schreiben Sie eigentlich? Kommen Sie einmal zu mir und ich werde Ihnen ein Gedicht vorlesen."

Ich möchte nicht behaupten, dass Herr Bahden mit seiner Fantasie, mit seinem Wortschatz, und trotz seiner Marotten, nicht doch hätte fliegen können. Ganz im Gegenteil. Ich bin fest davon überzeugt, dass er die ganze Zeit, allerdings wie eine in einem Zimmer eingesperrte Fliege, zwischen seinen vier Wänden hin und her flog. Und ich glaube, dass der Flug zwischen vier Wänden nichtsdestotrotz einen Sinn hat. Einen eigenen Sinn und einen eigenen Himmel. Und dieser Flug, dieser Kampf, gewinnt am Ende vielleicht doch, auch wenn der Kämpfer sich längst ergeben hat.

Ich war nie bei ihm in seiner Wohnung, und es kam nicht dazu, dass er mir ein Gedicht, sein Gedicht, vorlas. Doch er händigte mir sein Schreibheft „der Grenzgang" aus. Es war, wie bereits erwähnt, eine Ansammlung von Spekulationen über Wände und Räume und alles Mögliche, manchmal spektakulär und fantasievoll, und zwar, so wie ich ihn verstand, aus einer für mich ganz neuen Sicht, doch das Ganze in sich nicht stimmig. Das war mit Sicherheit, so vermute ich, die Erklärung dafür, weshalb er nicht darauf bestanden hatte, sie zu veröffentlichen. Und hätte er dies getan, so hätte er höchstwahrscheinlich keinen Erfolg erzielt. Mir gefielen manche Seiten sehr, obschon ich einige lange Passagen überspringen musste, da ich sie ja sehr langatmig, wenn nicht sinnlos fand. Fast schon ein Sachbuch über Räume, Menschenräume, genauer gesagt, über gefühlte Innenräume. Aber eigentlich über alles, was ihm wichtig erschien, über seine Träume, über die Dichtung. Er war kein Architekt und wohl auch kein Innenarchitekt. Doch ihn interessierten angeblich die Räume am meisten, die Lebensräume der Menschen, und nicht zuletzt seine eigenen, seine innerlichen, verinnerlichten Räume, seine Vorstellungen, seine Phantasien. Und mich erfasste immer wieder der Gedanke, warum er nichts über Frau Habel geschrieben hatte. Kein Wort, weder über sie noch über ihre Katze. Wollte er damit für sich einen Zufluchtsort schaffen, zu dem weder Frau Habel noch ihre Katze Zugang fanden?

Josef Bahden war früher, wie schon erwähnt, viele Wege gegangen, hatte auch andere Städte und Länder bereist. Doch die meiste Zeit seines Lebens begegneten ihm die einst zurückgelegten Wege in seiner Fantasie, in seinem Kopf wieder. Einen großen Teil dessen, was er in seinem Leben gesehen hatte, schleppte er mit, sagte er. Die Wege hafteten an seinen Schuhsohlen und seinen Füßen und kamen mit ihm in sein Wohnzimmer und in sein Schlafzimmer. Wenn er zuhause war, dann sah er diese Wege wieder, als ob sie ihm entgegengelaufen wären. Es kam auch öfter vor, dass er am Wegrand, am Himmel, ganz nah unter der grauen Wolke oder auch in der Ferne, im Blau, Dinge sah, die er in Wahrheit nie wirklich gesehen hatte, nicht in seinem Leben, die aber trotzdem irgendwelche Ähnlichkeiten, entweder mit Frau Habel oder auch mit ihrer Katze aufwiesen. Seltsam.

Er tat mir leid, wenn er mir solche Sachen erzählte

und sich zu einer tragischen Figur, zu einem gescheiterten Dichter machte. Denn wer ist sonst ein tragischer Dichter, wenn nicht derjenige, der ausgerechnet die Gespenster, nah oder fern, sieht, denen er ausweichen will, lebenslang?

Im Gegensatz zu ihm war Frau Habel immer dort, wo sie wirklich war. Und dort, wo sie sich befand, war immer der richtige Ort für sie. Der Ort hatte sie gewählt und verschluckt. Sie war mit dem Ort eins geworden. Der Ort, in dem sie lebte, war eine verdichtete Masse ohne Lücken, eine Masse, die sie mit sich trug und die sie trug. Ort und Frau Habel waren immer eins. Ort und Frau Habel waren wie Reiter und Pferd, die sich schon immer kannten und nicht mehr zu unterscheiden vermochten, wer wen ritt, wer wen führte und so weiter, und immer zum Ziel, immer zum Ziel .... Und das Ziel war immer in der Nähe.

Und wenn dieser Ort, an dem sie wohnte, ihr nicht so annehmlich war, dann hatte dies selbstverständlich damit zu tun, dass die anderen sie umgebenden Menschen am falschen Ort waren, dass die anderen in ihre Welt eingedrungen waren, denn sie war ja an ihrem, am richtigen Ort. Für Frau Habel war Herr Bahden noch mehr als alle anderen Menschen am falschen Ort. Dessen war sie ganz sicher. Sie wünschte lebenslang, dass er auszog. Doch er blieb und zog nicht aus. Ausziehen war nicht sein Ding.

Und wenn Frau Habel überhaupt, und dann lediglich für eine kurze Zeit und bestimmt nicht so weit weg, verreist war, dann war ihr Ort mit ihr und sie auf ihm, in ihm, wie eine adlige Dame in einer Sänfte, getragen von den unsichtbaren Händen unbekannter Engel. Und sobald sie in der Sänfte war, dann war sie zugleich zuhause. Sie war immer zuhause, ganz gleich wo sie war und in welcher Sänfte, ganz gleich von welchen Händen sie getragen wurde. Denn sie war sicher; wenn Hände sie trugen, dann waren es ausschließlich die der Engel. Das Gefühl des Fremdseins existierte für sie nie. Im Gegensatz zu Herrn Bahden, der ständig von gespenstischen Wegen und Straßen verfolgt wurde, die wie Schlangen in seine Seele bissen, auch wenn er zuhause saß und seinen Tee trank, Herr Bahden, der immer fremd war, in seiner eigenen Wohnung, in seinem eigenen Bett und in seiner eigenen Haut.

Nicht nur im Umgang mit dem Ort waren Frau Habel und Herr Bahden vollkommen unterschiedlich, sondern auch in der Art, was sie mit der Zeit und aus der Zeit - aus der Zeit, die ihnen zur Verfügung stand - machten. Für Frau Habel, die immer in ihrer Sänfte saß, gab es nur noch Gegenwart, auch wenn sie sich über Bahden ärgerte, aber auch wenn sie nach ihrer Katze suchte. Denn wichtig war für sie in Wirklichkeit nicht die Katze an sich, sondern die Suche nach der Katze. Das war mein Eindruck. Und so lange Frau Habel nach der Katze suchte, blieb die Katze am Leben. Und solange die Katze am Leben blieb, lebte Frau Habel weiter. Alles war Gegenwart. Sie schaukelte sanft in der Gegenwart. Und die Katze schaukelte mit ihr und ließ sich von ihren Gedanken streicheln.

Für Herrn Bahden war im Gegenteil die Vergangenheit nie verloschen. Sie war für ihn wie der Schweif eines Kometen, der ihm folgte und der ihm seltsamerweise, nichtsdestotrotz, immer wieder zuvorkam. Dann wusste niemand so genau, wer der Komet war und wer der Schweif. Er versuchte im besten Falle mit diesem Schweif mitzuhalten, in seiner Schnelligkeit genauso wie in seiner Langsamkeit. Und so war er nach und nach mit seinem Schweif eins geworden. Manchmal gingen er und sein Schweif gelassen und langsam und manchmal fieberhaft schnell. Er und sein Schweif waren eins in einem gewissen Etwas, in einem dunklen Punkt, von dem aus kein Licht mehr ausging, um einen einzigen seiner zahlreichen Himmel zu erhellen.

Dieses Haus war ein gutes Beispiel für das, was Herr Bogen mit jener leicht gelangweilten, wie zitiert dahergesagten philosophischen Bemerkung über die Größe der Welt und ihre Unverständlichkeit zu zeigen versuchte, obwohl er das vielleicht ganz anders meinte. Und in diesem Sinne trifft dies wahrscheinlich auf jedes Mietshaus zu, in dem Menschen leben, aber jeder auf seine Art und Weise, in dem Menschen miteinander sprechen, aber jeder mit seiner ihm spezifischen Sprache. Abgesehen von diesen Unterschieden denke ich, dass in jedem Haus, sogar in jeder Wohnung (sollte sie von mehreren bewohnt werden) immer zwei Arten von Menschen beheimatet sind; die, welche immer (und genug, sogar mehr als genug) Heimat in sich tragen, und die, welche entwurzelt sind und ihre Heimat verloren haben. Auch wenn sie wie ein Baum über ihren Wurzeln stehen, wissen sie ganz genau, dass die Wurzeln ausgetrocknet und tot sind. Und dass es eigentlich gleich ist, ob sie nun über diesen Wurzeln stehen oder irgendwo sonst. Würde jeder von uns imstande sein, dem, was als verloren gilt, ein exaktes Gesicht zu geben, etwa in Form eines Plakats, so würden wir nicht, wie Josef Bahden es tut, nach etwas Undenkbarem, Unbestimmbarem, Unsagbarem suchen, und zwar lebenslang. Ist die Dichtung vielleicht das Undenkbare, Unbestimmbare, Unsagbare, das wir trotzdem zu denken und zu sagen und zu bestimmen versuchen? Aber auch dies war ihm misslungen. Im Laufe seines langen bitteren Lebens hatte Herr Bahden ja versucht, in der Dichtung eine Rettung zu finden. Doch ohne Erfolg. „Die Sprache“, sagte er, als er mit mir Wein trank und ganz rot im Gesicht war, „die Sprache ist etwas Wunderbares und Gefährliches zugleich. Sie ist die Reise des närrischen Kolumbus, der aufbricht, ohne zu wissen wohin. Sie ist die Erfindung eines Frankensteins. Jeder, der mit Wörtern arbeitet, ist in einer gewissen Weise ein Alchemist. Ich sah die Gefahr ganz früh auf mich zukommen und versuchte ihr aus dem Weg zu gehen. Ich ging ihr aus dem Weg, indem ich mir vornahm, mich auf das Wesentliche zu konzentrieren, auf das Leben selbst, auf meine wirklichen Interessen. Denn für mich war am Anfang die Sprache nichts als ein Handwerk, um das Leben und die Umgebung zu beschreiben, das, was wir sind, das, was wir gebaut haben, das, was wirklich ist. Aber nach und nach erkannte ich, dass auch dies nicht möglich ist. Wo endet eine Beschreibung, worauf zielt eine Beschreibung ab? Was ist eine Beschreibung? Verstehen Sie mich? Die Gefahr lauert in jeder Ecke, im Schatten. Im Schatten der Wörter, und jedes Wort hat einen Schatten. Ist der Schatten der Wörter nicht das, was uns mit der Poesie verbindet?“

Ich ging manchmal auf die Straße, in die Läden auf beiden Seiten der Fußgängerzone. Doch ich ging gar nicht so weit; eine unerklärliche innere Macht verhinderte, dass ich mich von dem Haus, in dem ich wohnte, wirklich entfernte. Auch dies zeigte, dass ich mich dort mehr oder weniger zuhause fühlte. Einmal zeigte mir Bahden die kleine Buchhandlung, in die er, wie ich erst später erfuhr, häufig ging. Ich ahnte dann, wo er sich befand, wenn er nicht zuhause, aber auch nicht irgendwo in der Nähe, in einem der kleinen Lokale oder im Park war. Er erzählte mir, dass er nur in diese Buchhandlung ging und in keine andere. Sie war am Ende der an den kleinen Markt angrenzenden Sackgasse. Auch das war seltsam. Nur am Beginn der Straße, gleich um die Ecke, befand sich ein kleiner Imbiss, und dann weit und breit kein Geschäft, kein Laden sonst. Kein Leben. Nichts von dem ganzen Gedränge in den umgebenden Plätzen und Straßen. Aber auch kein Fenster und keine Tür für die Häuser auf beiden Seiten der Straße, die dem Anschein nach dieser Straße den Rücken gekehrt hatten. Nur hohe und kahle Gemäuer, wie eine Klagemauer, die mit dem Haus endeten, in dessen Erdgeschoss diese kleine Buchhandlung seit geraumer Zeit untergekommen war. „Viele Dichter und Schriftsteller und vor allem eine ganze Reihe der Romantiker verkehrten hier“, sagte Bahden. Mit dem Krieg war auch dieses Stadtviertel bis auf den Grund zerstört. Man hatte aber versucht, alles zu retten, alles zu rekonstruieren, als wäre nichts geschehen, vor allem deshalb, damit sie selbst glauben könnten, es wäre nichts geschehen. Und die Sackgasse sah danach genauso aus wie damals, mit der Buchhandlung am Ende, versicherte mir Bahden. Und mit der Klagemauer.

Ich fragte mich natürlich, ob es sich lohnt, eine Buchhandlung am Ende einer Sackgasse zu betreiben. Aber das war ihr Markenzeichen: „Buchhandlung in der Sackgasse“. Und trotzdem kamen wenige Leute dorthin. Aber auch dies war der Grund, dass ich, wenn ich nicht zuhause bleiben wollte, wenn ich sonst nichts zu tun hatte, dorthin ging, in Büchern blätterte und dann, auf dem Rückweg, mit Herrn Bahden schwätzte.

Einiges, was er bezüglich der Dichtung erzählte, konnte ich nicht nachvollziehen, konnte ich einfach nicht verstehen. Ich fragte mich, wieso die Sprache, die eigentlich seine Leidenschaft war, ihm keine Rettung bot. Und er antwortete mir so, als hätte er meine Gedanken gelesen: „Aber auch dort, im Schatten, im Schatten der Wörter traf ich sie, Frau Habel und ihre Katze wieder, so als wären sie mir fliegend gefolgt. Oder als wären sie bereits dort gewesen, schon lange, bevor ich eingetroffen war. Als wäre das ihr Platz seit einer Ewigkeit, und ich wäre ihnen gefolgt, auch fliegend. Mag sein, dass Frau Habel und ihre Katze fliegen können, wer weiß, wer weiß. Aber ich nicht. Ich kann nicht fliegen. Ich sah, dass jedes Wort etwas Beängstigendes mit sich brachte. Ich versuchte aus Überzeugung, bestimmte Wörter zu vergessen. Ich versuchte, die Sprache zu vergessen, sie zu überwinden und zu vergessen. Anfangs dachte ich, sie sollte mich retten, doch sie half mir nicht. Keineswegs. Ich versuchte, sie zu überwinden, doch ich schleppte sie mit mir, besser gesagt, sie schleppte mich mit sich. Ich wollte dann nichts mehr hören, gar nichts. Nur Musik. Und Schweigen. Schweigen und sonst nichts. Dann kam die Katze, dann kam Frau Habel. Und irgendwo, wenn auch weit weg, standen die Wörter und schauten mich an. Kleine Wörter, große Wörter… Schatten. Und wieder Frau Habel, und wieder die Katze, und wieder Frau Habel…“

Er schwieg einen Moment. Wir blieben beide unwillkürlich auf dem Bürgersteig stehen und wussten nicht, wohin. Ich schlug ihm vor, mit mir in eines der um die Ecke neueröffneten, geschmackvoll eingerichteten Lokale zu kommen. Wir bestellten beide Rotwein. Und wir schwiegen beide.

Ich fragte mich, ob eine Stadt, wenn sie ständig neu bebaut wird und neue Wege und Straßen und Häuser hervorbringt und all dies dann mit hellem, klarem Licht beleuchtet wird, ob so eine Stadt der Macht ihrer Erinnerung aus dem Wege gehen will, um sich andere, dunkle oder helle, jedenfalls ungeahnte Visionen zu ermöglichen, um sich durchs Licht neuen Träumen hinzugeben, um aus den eigenen Räumen hinauszutreten in eine fiktive scheinbare Freiheit, in eine andere Welt?

Außer uns war sonst niemand im Lokal. Die junge Dame, die uns bediente, beschäftigte sich mit irgendeiner bunten Illustrierten. Bahden nippte an seinem Wein und brach endlich das Schweigen: „Kennen Sie Arthur Rimbaud? Ja, Sie kennen ihn? Er wollte vor der Sprache fliehen und ging nach Afrika. Auch ich wollte vor der Sprache, vor der Literatur fliehen und in einen anderen Kontinent gehen. Er ging nach

Afrika, und wohin ging ich? Ich kam hierher. Hier sollte mein Afrika werden. Oder besser gesagt, ich wünschte mir, hier wäre mein Afrika. Es kam aber alles andere auf mich zu. Seitdem ich hierher gezogen bin, habe ich nichts anderes im Sinn, als über ganz unterschiedliche, lebensnotwendige Fragen zu grübeln. Doch ich denke ständig an die Katze von Maria Habel, an Leila. An ihre Plakate. In der gleichen Sprache, in der Frau Habel spricht. Mein Wortschatz reduzierte sich auf das Wenigste. Und in diesem Wenigen, was übrig blieb, wiederholte ich mich so oft, bis es nicht mehr ging. Ich redete unentwegt mit ihr, mit ihrer Katze, mit den Plakaten oder auch mit mir selbst, im Stillen und mit denselben Wörtern. Da gab es keine Rettung mehr für mich. Verstehen Sie?"

Während er sprach, dachte ich immerfort, in meinen Parallelwelten versunken, an Verschiedenes. An ihn, an mich selbst, an meine Tochter, die mir an jenem Tag eine Karte aus Indonesien geschickt hatte und mir unter anderem ihre E-Mail-Adresse mitgeteilt hatte. Sollte ich ihr schreiben? Sie hatte sonst nichts erzählt, weshalb sie sich in Indonesien befand, und ob sie alleine war oder mit ihrem Mann. Ich dachte an meine albanische Nachbarin und über ihre Stimme nach und über die Sprache und das Sprechen und das Schweigen überhaupt. Einige Sekunden verbrachte ich sogar damit, an das Schweigen des Herrn Borosch zu denken, der sich neuerdings wieder im

Ausland befand. Und selbstverständlich dachte ich über das Schreiben nach. Über das Schreiben, das Herr Bahden betrieb und das ihn nirgendwohin führte. Nirgendwohin. Armer Bahden.

Im Treppenhaus angekommen kam er beim Anblick der Katze wieder auf Frau Habel. Und er sprach so laut, dass ich Angst bekam, Frau Habel würde gleich aus der Wohnung herausspringen und auf ihn losgehen. Er sagte: „Wäre die Katze nicht weggelaufen und wäre sie noch am Leben, so wäre sie jetzt trotzdem tot. Und was sucht Frau Habel noch? Katzen leben höchstens zehn Jahre. Wussten Sie das nicht? Damals, vor sieben Jahren, als Frau Habel ihre Katze verlor, war sie (er zeigte auf die Katze auf dem Plakat) neun Jahre alt. Bitte schön, rechnen Sie. Das Bild ist schon verblasst. Sehen Sie. Die Katze war schneeweiß, jetzt ist sie gelb. Aber wahr ist, dass sie weder weiß ist, noch gelb, noch sonst was, sondern tot. Also, nicht nur die Katze, die wirklich lebte, wäre jetzt tot, sondern auch die tote im Bild ist abermals gestorben, sehen Sie mal das Bild an. Und genau das will Frau Habel nicht kapieren. Egal wo sie hingeht, trägt sie eine komische weiße Katze im Kopf. Sie ist blöd, blöd in jeder Hinsicht."

Frau Habel hatte am vorigen Tag anscheinend doch mitbekommen, dass Herr Bahden wieder mit mir gesprochen hatte, und sie wusste wohl, dass, wenn er mit mir und möglicherweise mit anderen Leuten redete, sie und niemand sonst das Thema war. Es ist auch möglich, dass sie nichts erfahren hatte, jedenfalls nichts von dem, was Bahden gesagt hatte, doch sie konnte sich nicht vorstellen, dass er überhaupt etwas anderes zu erzählen hatte als von ihr und ihrer Katze. „Statt sich mit meiner Katze zu beschäftigen, sollte sich der Dichter lieber um seinen eigenen Dreck kümmern", sagte sie. „Lebenslang nichts gemacht, überhaupt nichts, nur Gedichte." Wenn sie von ihm sprach, erwähnte sie nie seinen Namen, das fiel mir erst jetzt auf. Ich merkte, dass sie deshalb von dem „Dichter" sprach, da sie ja auf keinen Fall seinen Namen erwähnen wollte.

An einer Stelle seines Büchleins, das ich immer

noch bei mir aufbewahre, hatte Josef Bahden von der „grausamen Macht der Erinnerung" gesprochen und dann, zu meiner Enttäuschung, die darauf folgenden Seiten, wo er dies erwartungsgemäß mit seinen eigenen Erfahrungen hätte belegen sollen, einfach leer gelassen. Viele leere Seiten, die er eigentlich Maria Habel hätte widmen können. Aber kein einziges Wort über sie.

Josef Bahden versuchte, so schien es mir, seine quälenden Erinnerungen zu verschweigen, statt sie schreibend festzuhalten, um sie dadurch, so wie es eigentlich jeder Autor, jeder Dichter tut, besser verarbeiten zu können. Für mich galt aber dies: Dass der Mensch nicht in seinem Zorn und in seinem Schrei und in dem, was er nach außen zeigt, zu erklären ist, sondern vielmehr in dem Akt seiner Versunkenheit in sich selbst, in seinen einsamen Stunden, in seinen leisen Träumen, im Schweigen. In dem, was er zu vergessen versucht und doch nie vergisst. Dass der Mensch nicht nur das ist, was er ist, sondern, und vor allem, das, was er im Grunde gewesen ist. Das Gewesene ist bisweilen das wirklich Vorhandene, das fortwährend Gegenwärtige in dem Menschen, den wir vor uns sehen, der doch nichts sein kann als das, was er einmal in seiner Vergangenheit gewesen ist. In diesem Sinn müssen wir vielleicht immer zurückblicken. Zurückblicken, als wollten wir die Vergangenheit, den Ursprung, erfassen. Und wenn uns dies möglich wird, dann merken wir, dass wir eigentlich nichts sehen, außer einen Menschen, der schon lange tot ist, sehr lange, und doch weiter lebt vor uns in einer anderen Gestalt, mit einem vollkommen neuen Gesicht, mit einer entfremdeten Sprache, vielleicht mit dem gleichen Namen, vielleicht mit einem ganz anderen. Und dass der, der jetzt vor uns auf einem Stuhl sitzt, nur eine Schale ist, die eine Vergangenheit, seine ganze Vergangenheit, regelrecht verhüllt. Wie ein Straßenbeleuchter, der das Gewesene, das Dunkle, und infolgedessen alles, was ist, mit seinem grellen Licht verdeckt.

„Sie sind verrückt“, sagte Josef Bahden auf dem Rückweg nach Hause, als ich ihm von den nächtlichen Gesprächen meiner Nachbarin erzählte, „Haben Sie denn nicht gehört“, sagte er, „dass merkwürdige Engel dem armen Robert Schumann aus den Fenstern zugeflüstert haben? Auch er hatte unglücklicherweise diese Stimmen sehr ernst genommen. Dabei sind Sie nicht mal ein Komponist. Nicht mal ein Dichter. Sie können also mit diesen fremden Tönen nichts anfangen. Sie werden zugrunde gehen, hören Sie? Zugrunde. Sie müssen achtgeben. Machen Sie die Ohren zu und geben Sie acht. Kommen Sie bitte auf meine rechte Seite.“

Am nächsten Tag befand ich mich mit ihm wieder auf dem großen Platz hinter dem Park. Drumherum große Glasgebäude, die das Licht der Sonne über uns in verschiedenen Farben reflektierten. Ich weiß mittlerweile, warum die Glasgebäude mich nicht ansprechen. Mag sein, dass viele alte Mauern eine schrecklich komplizierte Sprache sprechen, die niemand versteht, oder eine Sprache haben, die mir wie ein Delirium vorkommt, so als wären sie alle Teile jenes eingestürzten babylonischen Turmes. Doch diese Wände aus Beton und Stahl und Glas haben überhaupt keine Sprache für mich, und das macht die Welt nicht leichter. Unter dem Dach des großen Schuhgeschäfts, direkt vor dem U-Bahneingang, wartete ich, dass der Regen, der urplötzlich angefangen hatte, aufhörte. Dieser Platz ist immer voller Menschen. Menschen, die die Rolltreppen hinauf und hinunterrennen, Menschen, die auch nachts, wenn die Metros und die Rolltreppen stillstehen, weiterhin hinauf und hinunterrennen. Ich erblickte nicht weit von mir Frau Habel, die, mit einem Regenschirm in der Hand, geschwind in der Menge verschwand. Ich bog dann in die nächste Querstraße ein zur Buchhandlung, in der ich mich mit Bahden traf. War das ein reiner Zufall, dass ich ausgerechnet in der Nähe der Buchhandlung Frau Habel getroffen hatte? Hatte Frau Habel ihn wirklich wie ein Schatten verfolgt? Versuchte sie vielleicht nicht weit weg von ihm zu sein, ihre Zeit möglichst in seiner Nähe zu verbringen? Als ich ihn in der Buchhandlung traf, begann er nicht wie üblich damit, von Frau Habel zu sprechen. Nein, diesmal erkundigte er sich nach Lana. Ich reagierte so, als hätte ich ihn nicht gehört. Doch er hatte Lust zu erzählen: „Sind Sie sicher, dass die Stimmen, die Sie vernehmen, in der Tat vernehmbar sind und von der Nachbarin kommen? Die arme Nachbarin, die kaum ein Wort deutsch spricht, flüstert von oben Goethes Verse in Ihre Ohren? Sind Sie sicher? Und alles so rhythmisch und so klangvoll, wie Sie das beschreiben? Wollen Sie vielleicht auch zum Arzt gehen? Ich war nämlich beim Arzt. Wollen Sie nicht? Wie? Auch Robert Schumann… Kommen Sie bitte auf meine rechte Seite! Ich möchte Ihnen etwas erzählen."

Ich wechselte auf seine rechte Seite. Er erzählte mir die Geschichte seines linken Ohrs, eine groteske Geschichte, die mich in Staunen versetzte: „Wissen Sie, auch ich hatte Geräusche in meinem Ohr, nur in dem linken. Nein, das war kein Tinnitus, wie Sie vermuten. Ich war bei verschiedenen Ärzten, keiner konnte mir helfen. Ich fand einfach keine Ruhe, keinen Schlaf. Ich hatte Geräusche im linken Ohr. Manchmal waren diese Geräusche keine Geräusche, sondern menschliche Stimmen. Wörter, die ich verstand. Oder auch die, welche ich nicht verstand. Es waren bisweilen Stimmen der Menschen, die ich kannte. Es war so, als wären diese Stimmen irgendwo in meinem Ohr hängengeblieben. Seltsam. Es waren Wörter, die nicht fliegen konnten, so als wären sie eingeschlossen in einem Käfig. Mein Kopf war der Käfig. Stellen Sie sich einen Käfig voller Wörter vor. Können Sie? Die Wörter bleiben darin, flattern, schreien laut und können nicht hinaus. Ich wurde beinahe verrückt. Die Ärzte kamen nach vielen Untersuchungen zu dem Schluss, dass mein linkes Ohr nicht durch die Geräusche, die es in der Außenwelt wirklich gibt, sondern durch die, welche das Ohr selbst produzierte, gequält und beinahe taub geworden war. Verstehen Sie mich? Mein Ohr hatte selbst die Stimmen produziert, die es quälten! Ich litt vier Jahre lang. Dann war ich durch Empfehlung bei einem chinesischen Naturheiler. Auch er konnte zuerst nicht helfen. Aber er machte einen klugen Vorschlag. Er sagte: `Hören Sie richtig zu, Herr Bahden! Ihr linkes Ohr schadet mehr, als dass es hilft. Und ihr rechtes Ohr hört verdammt gut. Das reicht vollkommen aus für das, was ein Mensch wie Sie akustisch nötig hat. Wenn Sie diese lästigen Geräusche nicht mehr hören möchten, dann ist besser, dass das linke Ohr ganz taub wird. So wird es weniger schaden. Wären Sie da gewesen", setzte Bahden fort, „so hätten Sie gesehen, wie er gesprochen hat mit seinem chinesischen Akzent. Der Mann aber wusste ganz genau, was wirklich los war. Und er wusste ganz genau, was er mit seinem chinesischen Akzent sagte. Ich sah das in seinen kleinen Augen. Und nachdem ich vier Jahre lang gelitten hatte, schenkte ich seinen Worten sofort Glauben. Am nächsten Tag war ich wieder bei ihm. Er brauchte nur ein paar Minuten, er machte das linke Ohr taub. Mit einer kleinen Spritze, die er in der Hand trug. Und das war's. Seither keine Geräusche mehr. Gar keine. Verstehen Sie?"

Ein paar Tage später erzählte er mir dieses: „Ich möchte Ihnen etwas erklären. Ich habe Ihnen vom meinem tauben Ohr erzählt, von Stimmen, die mein Ohr selbst produzierte. Und jetzt sage ich Ihnen, was diese Stimmen wirklich waren. Das war das Geschrei von Frau Habel und der Katze. Dieses ganze Geschrei hatte sich in meinem linken Ohr in ein ununterbrochenes, ein unheilvolles Summen verwandelt. Und vor allem die Katze. wenn ich mich konzentrierte, dann hörte ich sie ganz deutlich in meinem Ohr. Sie werden lachen, aber ich möchte es Ihnen verraten. Manchmal war dieses Miauen so frisch, so unglaublich frisch, als hätte ich es unmittelbar der Kehle einer Katze entlockt. Auch nachdem die Katze längst tot war. Oder vielleicht war das aus der Kehle einer anderen lebenden Katze zu mir gekommen? Aber welcher Katze denn?"

Die Wohnung unter mir, im dritten Stock, blieb leer und wurde nicht vermietet, aus welchem Grund auch immer. Bahden erzählte mir, dass Herr Bogen vor etwa fünf Jahren verschiedenen Mietern die Wohnung im dritten Stock gezeigt hatte. Doch sie seien alle fortgegangen, ohne sie zu mieten. Und ob sie, diese Leute, hierhergekommen waren, um sich die Wohnung anzuschauen und sie anschließend zu mieten, das wusste Bahden nicht so genau. Er wusste aber, dass seither diese Wohnung nicht nur leer, sondern ständig geschlossen blieb, so als hätte jemand etwas darin versteckt.

Schließlich war ich weder in der Wohnung von Bahden noch in sonst einer Wohnung in dem Haus. Ich sah keine dieser Wohnungen von innen. Von der Wohnung des Ungarn hatte ich überhaupt keine Vorstellung, wie sie von Innen aussah. Und ganz sicherlich gab es auch im untersten Stock, in der Wohnung von Frau Habel eine gewisse Leere, die vor sich hin gähnte, deren Zeuge ausschließlich Frau Habel selbst war. Eine Leere, die von der Anwesenheit Frau Habels, von ihren Bewegungen, von ihrem Sitzen und Stehen, von ihrem Ein- und Ausatmen, von ihrer Stimme - auch wenn sie gezwungenermaßen so leise sprach, dass niemand es hörte - und von ihrem Geruch gezeichnet war, sich mit all diesem füllte und mit und in all diesem lebte. Auch die Wohnung von Josef Bahden sah ich lediglich von außen, bis auf die halbe Ecke der Diele, während er aufschloss und eintrat, um mir jedes Mal die letzten Worte seines noch nicht zu Ende gesprochenen Satzes entgegenzuschleudern. Und da er sich beim Aufschließen, Eintreten und erneutem Schließen ca. 180 Grad um seine eigene Achse drehen musste, waren dies die einzigen Momente, in denen er nicht darauf achtete, dass er alle Sätze zu seiner rechten Seite hin aufsagte.

Selbstverständlich füllte sich auch seine Wohnung mit ihm und mit seinen Büchern und Gedanken, mit seinem Geruch und seinem Atem und seiner Stimme, von der ich wusste, dass er sie immer zu seiner rechten Seite hinwarf, auch wenn er alleine war. Und er war immer alleine in seiner Wohnung, mit seinen Gedanken, mit seiner eigenen Welt und mit einer kleinen Anzahl von imaginären Menschen, die sich immer zu seiner rechten Seiten setzten, weil er es so haben wollte.

Doch wenn ich die Räumlichkeiten in diesem Haus mit Borosch und Josef Bahden und Frau Habel füllen musste, um sie auf diese Art und Weise für mich fassbar und verständlich zu machen, so konnte ich mit der totalen Leere der Wohnung im dritten Obergeschoss am wenigsten anfangen, auch wenn ich nachts, wenn Lanas Stimme meine Aufmerksamkeit nicht in Anspruch nahm, immer wieder versuchte, mir etwas, irgendetwas vorzustellen, z. B. ob diese Leere mit Möbeln, mit Stühlen, mit irgendetwas Fassbarem bestückt war. Sie blieb mir trotz aller Anstrengungen unfassbar und abstrakt, mit einem unsichtbaren dunklen Hauch von Ewigkeit. Und die Abstraktheit, die sie durch ihre Unbestimmbarkeit bekam, machte ihre Atmosphäre zu einer vollkommenen Leere, vor der ich viel Achtung empfand; eine Leere, die sie mit der unbestimmten, unbestimmbaren Leere des Universums vereinte, in die ich jeden Moment verschwinden könnte wie eine Eintagsfliege in der bedrückenden Luft eines winzigen Raums.

Der leere Raum, der für sich isoliert und verschlossen hinter den Türen geblieben war, kam mir wie etwas Zähes vor, unbeugsam und dunkel, und ich dachte, würde man die Wohnung öffnen, so würde sie hinausbrechen, explodieren und in alle möglichen Richtungen springen wie ein starker Sturm. Mir kam es vor, als wären die Stürme nichts anderes als Explosionen, die innerhalb der Stille stattfinden, die nicht still bleiben kann, aus innerem Antrieb nicht, hervorgegangen aus einem unfassbaren Druck.

Wenn ich an dieser Wohnung vorbeiging, dann fühlte ich sie, diese intensive, im Lauf der Jahre angeschwollene Leere, die hinter der Tür eingeschlossen war und den Vorbeigehenden aus dem Spalt mit dunklen Augen anschaute und laut genug für abwesende Ohren vor sich hinredete. Sie wartete wie ein verbissenes altes Tier darauf, dass jemand öffnete, damit sie austrat und hinauf oder hinunter ging wie ein herkömmlicher Hausbewohner. Doch niemand wollte ihr öffnen. Jedes Mal, wenn ich hinunterging, dachte ich an den kalten Hauch, den die Wohnung nicht nach außen dringen lassen wollte.

Doch manchmal, sobald ich von oben kommend den kahlen Kopf des Ungarn in der zweiten Etage erblickte, vergaß ich sie und die Leere aller anderen Wohnungen zugleich. Ich kann nicht erklären warum, aber mir war klar, dass die Leere, die in gewissen Köpfen wohnt, viel größer und schrecklicher ist als die der von Menschenhand gemachten Räume.

Der Ungar spielte in meinem Leben keine Rolle, und wenn ich ihn nicht sah, dann verschwand er im Dunkel meines Unbewussten spurlos, und er verschwand so, als existierte er nirgendwo, weder in diesem Haus noch sonst wo. Und trotz allem, sobald ich ihn sah, fing er an, sich mit seinem elenden Leben in meinen Gedanken zu bewegen, mit Händen und Füßen. Dann schien mir, dass die Leere in seinem Kopf viel größer war als die von Josef Bahden, obwohl er schweigsam war und so tat, als wäre er der Glücklichste überhaupt; man müsste nur eine Öffnung zu seinem Herzen finden und seine unvergleichbare Freude, die nur ihm gehörte, anschauen und ihn beneiden. Doch so war es nicht.

Ich begriff diese geistige Isoliertheit des Ungarn, da ich selber an solcher gelitten hatte, immer wieder. Und mir kam es vor, als hätte ich eine Sprache, eine Sprache für mich, und dass sie mir nach und nach abhandengekommen war, so wie das Esperanto dem Ungarn abhandengekommen war, und dass ich mit dieser Sprache lieber schweigen sollte, als sprechen, denn damals hatte sie mir nicht genutzt und jetzt ebenso wenig.

Herr Bahden behauptete einmal, die Schwangerschaft der Stadt und ihre Geburt miterlebt zu haben, und er habe gesehen, wie das Kind dieser Geburt zur Welt gekommen sei und wie es gelebt habe. Er meinte den Krieg, den er als kleines Kind erlebt hatte. Das war selbstverständlich längst vorbei, und er befand sich fast lebenslang in einem anderen, halbversteckten, halboffenen, unentwegt andauernden Krieg mit Frau Habel. Doch wenn er vom Krieg redete, dann meinte er den anderen, der ihn eigentlich am wenigsten versehrt hatte. Und wenn er von ihm sprach, dann so, als wäre es eben gestern gewesen. „Ein Krieg ist wie ein Erdbeben", sagte er, „ein von Menschenhand gemachtes Erdbeben. Ein im Verhältnis zum wirklichen Erdbeben lang anhaltendes und umso schrecklicheres. Nach einem Erdbeben kommen unter anderen das Innen und das Außen der Räume in einer Stadt durcheinander. Einerlei wie gut man danach baut, es kommen nie wieder die gleichen Räume zustande. Weil es dann immer um andere Räume geht, um andere Grenzen. Interessant ist zu beobachten, dass nach jeder Zerstörung die gleichen alten Wege wieder ausgebaut werden. Mag sein, dass diese Wege dann neue Namen bekommen, aber sie bleiben immer die Gleichen, so als würde man keine anderen Wege finden in der Stadt oder als wollte man keine anderen Wege gehen." Bahdens Stimme wurde dann auf einmal leise, und ich wusste nicht mehr, ob er mit mir sprach oder mit sich selbst. Nur Wortfetzten und sonst nichts. Und es war ihm diesmal gleich, dass ich mich auf seiner linken Seite befand. Dann bekam er wieder seine normale Stimme. Eine ziemlich laute, deutliche Stimme: „Beim Erdbeben", fuhr er fort, „beim Erdbeben fallen Gegenstände, Decken, Balken, Menschen und Tiere zu Boden. Am besten können sich aber die Vögel retten. Auch das Innere der Räume fliegt buchstäblich hinaus in die große Welt der Dinge und befreit sich aus der langen Gefangenschaft der Wände. Das Innere ist dann wie ein Vogel, der fliegt, hierhin und dorthin, nach anderen, nach offenen Himmeln suchend. Das ist ein herrliches poetisches Bild. Verstehen Sie mich?"

Da ich der Zeuge war, wie er tagtäglich seinen privaten Krieg mit Frau Habel bestehen musste, fragte ich mich zu Recht, warum er ausgerechnet jetzt von dem anderen, fast vergessenen Krieg sprach. Es gab und es gibt weiterhin viele Kriege um uns herum in der Welt. Dabei sind es eigentlich die kleinen Kriege, die ganz alltäglichen, die privaten, die für die anderen schwer wahrnehmbaren, die uns, auch in Zeiten des allgemeinen Friedens, invalide machen, uns und unsere Gedanken allesamt.

Ob er das nicht wusste? „Manchmal habe ich das Gefühl, meine Behausung wäre von einem leisen andauernden Erdbeben weggefegt", sagte er, „dabei saß ich inmitten der vier Wände und betrachtete sie und die Poster, die ich seit Jahren an die Wände genagelt habe. Wissen Sie? Einmal hatte ich meine vier großen Poster, die ich von einer Reise mitgebracht hatte, aus dem Schrank geholt und sie an die Wand genagelt, eins nach dem anderen: Wald, Wüste, Meer, Gebirge. Und jetzt bekam ich plötzlich das Gefühl, von ihnen angewidert zu sein. Ich nahm einen schwarzen Filzstift und malte auf alle vier Poster jeweils ein bis zwei solche Zeichen." (Er malte dann mit zitternder Hand auf ein zerknicktes Blatt, das er flink aus seiner Hosentasche zog, folgende Zeichnung):

„Aber ich malte so dilettantisch", fuhr er fort, „dass die krummen Linien den Blick der anderen

Betrachter mit Sicherheit störten. Doch für meine Augen waren sie majestätisch, und gerade diese nicht perfekten, von Hand gezogenen Linien, die sich aus den prächtigen Wellen und Linien der Wüste, des Meeres, des Berges und des Waldes abhoben, zeigten den Willen zur Intervention des Menschen, meiner Intervention, in das eigene Schicksal. Aber auch das brachte mir nichts. Überhaupt nichts. Auch diese Zeichnungen langweilten mich allmählich, und sie hängen trotzdem immer noch bei mir in der Wohnung. Seit Jahren." Er brach ab. Dann fragte er: „Haben sie Heidegger gelesen?" Ich sah dann „Sein und Zeit" unter seinem Arm und sagte nichts. Und mir war, als erwartete er keine Antwort von mir.

Im Gegensatz zu meiner ursprünglichen Ansicht musste ich erkennen, dass dieses Haus eigentlich vollkommen renoviert worden war. Doch die Enge des Treppenhauses hatte nicht zugelassen, dass man hier einen Aufzug installierte. Dass dieses Haus die Welt verkörperte, wie ich zu Beginn von dem Vermieter erfuhr, war sehr übertrieben. Denn bis auf den ungarischen Nachbarn und die Nachbarin, die über mir wohnte, waren sämtliche Mieter eigentlich das, was man als kerndeutsch bezeichnen würde. Doch auch der Ungar sprach akzentfrei Deutsch. Und meine Nachbarin im Obergeschoss ebenfalls, auch wenn Herr Bogen das Gegenteil behauptete. Und der Vermieter bestritt wohl, dass die Wände hellhörig waren. Was er zu Beginn behauptet hatte, nämlich dass die Dame aus Albanien kaum ein Wort Deutsch sprach, verteidigte er weiterhin: „Wie? Sie hören die Nachbarin, Ihre Nachbarin? In Ihrer Wohnung?“ fragte er.

„Ja, die Nachbarin“, sagte ich, „an bestimmten Stellen in der Wohnung höre ich sie“, setzte ich hinzu. Ich wollte nicht verraten, dass ich sie nur dann hörte, wenn ich im Bett lag. Darauf versuchte ich, ihn zu beschwichtigen. „Das ist doch etwas Normales, hellhörige Wände ...und übrigens...“

„Das ist unmöglich“, unterbrach er mich. Daraufhin stieß er ein so lautes Gelächter aus, als wollte er mit seinem Lachen der Unmöglichkeit eine akustische Form, einen hörbaren Ausdruck geben, „erstens spricht die Dame kein Wort Deutsch, zweitens spricht sie gewohnheitsmäßig sehr leise, und wenn sie dann und wann in ihrer Muttersprache spricht, dann stottert sie, drittens sind meine Wände nicht hellhörig, es sind dicke Wände aus dem vergangenen Jahrhundert. Das Haus ist eines der wenigen Häuser in der Gegend, das im Zweiten Weltkrieg nicht vollkommen zerstört wurde, viertens...“

Bemerkenswert fand ich, dass Herr Bogen von „meinen Wänden“ sprach.

Ich hatte die Absicht gehabt, unbemerkt vorbeizugehen, doch er hatte mich gesehen und auf seine Einladung hin musste ich sein Büro betreten und mich zum zweiten Mal einige Minuten ihm gegenübersetzen. Während er in einer Schublade hastig nach einem Bündel Papier suchte, das er schließlich fand, fügte er (war das ironisch?) hinzu: „Die Stimmen kommen nicht aus den Wänden und nicht vom

Unter- oder Obergeschoss. Aber vielleicht von ganz oben? Was sagen Sie dazu?“ Er streckte seinen Zeigefinger nach oben und zeigte auf den Himmel, den er jenseits der Dächer, ganz oben, vermutete, und stieß das gleiche Gelächter aus, das er zuvor ausgestoßen hatte. Die Decke seines Büros war weiß gestrichen, die Wände hellblau. Die Regale wiederum weiß. Die Rücken seiner Ordner waren alle weiß mit gelben gleichmäßigen Etiketten. Alles sehr ordentlich, mit einer gewissen Harmonie inmitten unzähliger Karteikarten und Ordner. Auf dem Tisch ein großer Rechner.

Frau Habel wusste mal, was Babylon bedeutete, jetzt habe sie es vergessen, sagte sie mir einmal. Sie wisse jedenfalls viel mehr als das, was „der Dichter" zu wissen glaubt. Sie habe ihn immer verstanden, aber auch dort, wo sie vermutet hatte, ihn nicht gut verstanden zu haben, hatte sie mit bestem Willen versucht, ihn besser zu verstehen. Zunächst habe sie ihn sehr gut verstanden, dann weniger und später noch weniger. Und das Ganze lag an ihm, der idiotisch sprach, der Dinge sagte, die nicht stimmten. Und seitdem die Katze weggelaufen war, verstand sie ihn gar nicht mehr. Und das lag ja wieder an ihm, der Tag für Tag idiotischer wurde. Statt zu schwatzen, sollte er ihr ja irgendwann mal die Katze zurückbringen. Aber er konnte nur schwatzen und sonst nichts.

Aber ich wusste es ganz genau. Der Turm von Babylon lebte auch in mir fort, wie eine Ansammlung von Stimmen, die miteinander in keinem Bezug standen. In diesem Sinne hatte Herr Bogen Recht. Doch wie kam Herr Bogen bloß auf die Idee, dass ausgerechnet sie, Lana, stotterte? Nein, sie stotterte keineswegs. Sie war die Einzige in diesem Haus, deren Sprechweise ich gut verstand. Es gab viele Menschen, die in meinem Kopf vor sich hin summten. Alte und neue, Nachbarn und andere, meine Frau, die mir die Scheidung per Post geschickt hatte, damit alles „ganz offiziell voranging" und nicht zuletzt meine Tochter, von der ich keine Antwort mehr bekam. Doch von all denen verstand ich Lana am besten. Allerdings bekam ich das Gefühl, dass ich mich nach einer stotternden Zunge sehnte, nach einer Zunge, die stottert und die Liebe dennoch deutlich zum Ausdruck bringt. Und dass sie, diese stotternde Zunge, von ihrem Liebhaber geküsst wird. Von mir.

Aber war das wirklich ihre Stimme? Hörte ich wirklich meine Nachbarin? Es wäre weiter nicht so schlimm, hätte ich diese Stimmen und diese Geräusche nicht ständig gehört, vor allem dann, wenn ich vermutete, sogar sicher war, dass sie sich nicht in der Wohnung befand. Das verwirrte mich. Auch im Schlaf hörte ich sie dann und wann. Es waren Sätze ohne Bezug und für mich daher nahezu abstrakt, ich würde sogar sagen sinnlos, auch wenn die Sätze in der Welt der Nachbarin einen Sinn ergaben. Und ich hatte das Gefühl, dass ich sie trotzdem gut verstand. Doch ihre Welt war eine andere Welt, obwohl wir beide im selben Haus wohnten. Und ich wusste, dass die Worte ihren Sinn verlieren, sobald sie den für sie gedachten Raum verlassen und in andere Räume eindringen, sobald sie die für sie bestimmte Welt verlassen und in anderen Welten Fuß fassen. Die Worte verlieren ihren Sinn, sobald sie von der Welt eines Kopfes in die des anderen fliegen. Das weite Fliegen macht die Worte sinnlos. Und die Worte tun nichts als fliegen, wie Herr Bahden sagt.

Er behauptete, dass die Worte immer in kurzen Wellen und schnurgerade fliegen: „Sie gehen parallel und berühren sich nie“, sagte er, „ und wenn sie sich berühren, dann nur jenseits unserer irdischen Grenzen, jenseits unserer Möglichkeiten, nur in unserer Vorstellung und vielleicht in der Ewigkeit.“ Wieder ein poetisches Bild. Und ich war trotzdem sicher, dass ich die Worte der unbekannten Frau über mir einwandfrei verstand, wenn sie mich erreichten.

Allmählich war mir klar geworden, dass meine Nachbarin, auch wenn sie immer wieder dieselben banalen Lieder summte, sehr romantisch veranlagt war. Einmal, nachdem sie eine Weile - zu jemandem oder vor sich hin – ich hörte ihren Gesprächspartner nicht – gesprochen und dann wieder geschwiegen hatte, beschloss ich, nochmals bei ihr zu klopfen. Mein Besuch wäre noch berechtigt. Ich war immer noch, solange wir uns nicht einander vorgestellt hatten, ihr neuer Nachbar. Obwohl ich circa vor drei Monaten hier eingezogen war, hatte ich sie bisher kein einziges Mal erblickt.

Doch auch diesmal ohne Erfolg. Entgegen meiner Erwartung, sie an der Tür zu sehen, öffnete ein Mann, dem ich noch nie begegnet war. Er hatte eine Zigarette in der Hand, war mittelgroß, mit verhältnismäßig großem, glatt rasiertem Kopf und schwarzen fragenden Augen. Seine Augen stellten mir zwei

Fragen gleichzeitig. Wer sind Sie und was wollen Sie? Und ich sah und verstand beide Fragen trotz des Qualms seiner Zigarette, der im Begriff war, ihn zu umhüllen. Ich stellte mich vor, ich bin der Nachbar soundso. Er zögerte, dann nahm er die Zigarette in die linke Hand und gab mir die rechte und grüßte: „Hello".

„Ich bin der neue Nachbar", sagte ich. Er schüttelte den Kopf: „Nix Deutsch".

Wer war denn derjenige, der mit ihr akzentfrei Deutsch gesprochen hatte? War er ein anderer? War dieser hier bloß ein Gast? War der andere ein Gast?

„English?", frage ich?

„Nix English", antwortet er, „Albanisch".

Ich versuchte, durch den kleinen Spalt, den seine dicken, von blauem Pyjama umhüllten Beine mir noch freigaben, einen Blick in das Innere der Wohnung zu werfen. Doch außer einem dunkel(braunen?) Schuhschrank konnte ich nichts sehen. Damit war mein Gespräch mit dem Nachbarn beendet. Doch kurz darauf, nachdem ich mich wieder auf mein Bett warf und in die Leere starrte und über den Mann nachdachte, der mich nicht verstehen wollte, hörte ich die Stimme wieder: Wieder zu zweit. Sie sprachen vom Mond, während sie in der Küche etwas tranken. Ich hörte die Gläser klirren und manchmal Unterbrechungen in ihren Sätzen, wenn er oder sie einen Schluck nahm. Der Abstand zwischen den

Sätzen füllte sich mit Klirren, Rauschen, Zerreiben, Zerhacken von irgendetwas oder auch mit fremdem, fremdartigem Lachen, sogar Lachanfällen. Und ich fragte mich, ob der Mann, den ich gesehen hatte, wirklich lachen konnte, und wenn ja, ob dieses Gelächter zu ihm, zu seinem Gesicht passte. Und ich fragte mich weiterhin, wie Lana lachte. Wie gern hätte ich sie lachen sehen. War das wirklich ihr Lachen? Ich stellte mir ihr lachendes Gesicht vor.

„Schau mal den Mond an. Den Mond. Eine riesige Scheibe. Mir kommt es vor, heute hat er die Sonne verschluckt, die Sonne", hörte ich sie sagen. Sie lachte. Ich stellte mir vor, wie sie im Fenster stand und den Mond anschaute.

„Die Erde."

„Was? Die Erde?"

„Ja, die Erde hat der Mond verschluckt, nicht die Sonne, nicht die Sonne".

„Oder beides."

„Oder beides."

„So, so, wenn der Mond die Sonne verschluckt hat, dann haben wir keinen Morgen mehr, keinen Morgen mehr." Darauf folgte sein männliches Lachen. Ha, ha, ha.

„Dazu aber eine Nacht, eine Nacht, die sich vom Tag kaum unterscheidet. Nach so einer Vollmondnacht braucht man den Tag nicht unbedingt, nicht unbedingt". Jetzt lachte sie.

„Aha!“, sagte der Mann.

Schweigen.

„Ich bin so müde wie ein Krokodil“, sagte er nach einer Weile.

Hatte ich ihn richtig gehört? Sind denn Krokodile wirklich müde? Sie wirken so, das ist wahr. Aber ob sie wirklich müde werden wie die Menschen, wie ich, der ganz müde war, ohne genau zu wissen, weshalb, und doch nicht schlafen wollte, nicht schlafen konnte? Ich wartete auf sie, auf ihre Antwort, auf weitere Antworten und weitere Fragestellungen und sonst was. Sie schwieg. Dann trat ich an das Fenster. Und in der Tat: eine ganz helle Nacht. Die riesige Scheibe des Mondes sah ich mir schräg gegenüber und ich war froh, dass ich den Mond sah, den auch sie sah. Ein gemeinsamer Blick, als hätten wir dieselben Augen, als wären wir jetzt vereint im gemeinsamen Blick. Ich war immer der Meinung, dass zwei Liebende sich vereinen könnten, wenn sie aus geografisch entfernten Teilen der Erde zur gleichen Zeit den Mond betrachteten. Die Giebel der Nachbarhäuser und die Antennen glänzten und glitzerten, als würden sie alle von einer mir unsichtbaren Sonne angeleuchtet. Alles tendierte dazu zu leuchten, wie es nur irgend möglich war; die Luft, die Antennen, die Fensterscheiben und -simse, die Nacht, das Nichts, alles wollte existieren. Alles wollte in Licht und in Farben übergehen. Alles wollte aufgehen wie eine Sonne. Oder wie der

Mond. Und scheinen wollten sie, ganz gleich, über was für einer Welt. Aber in meinem Kopf herrschte das Dunkel. Immer Dunkel. Und Schwindel. So als wäre mein Kopf der des Herrn Bahden, so als teilten wir, er und ich, den gleichen Kopf, oder als lebten wir beide in einem einzigen, in seinem Kopf. Oder auch wie der Kopf des Ungarn, der mit einem Fremden im Restaurant saß und kein Wort hervorbringen konnte, in keiner Sprache, so als wären alle Wörter plötzlich in sein inneres Dunkel verschwunden wie kleine Leuchtwürmer, die plötzlich verschwinden können mit einem einzigen Windhauch. Oder mit einem plötzlichen Lichtstrahl.

Als ich vom Fenster zurückkam, fing Lana wieder an, das Lied zu summen, das sie so oft gesummt hatte. Und als sie aufhörte und ich lange nichts von ihr hörte – von ihrem Albaner hörte ich schon lange nichts mehr –, und als ich sicher war, dass sie schlief, setzte ich mich an den Tisch und schrieb Belangloses an meine Tochter. Daraufhin eine kürzere E-Mail an ihre Mutter, obwohl nach meinen letzten Briefen keine Antwort gekommen war. Warum auch immer. Danach kritzelte ich andere Zeilen in mein Heft, die an niemanden gerichtet waren.

Der Ungar, so kam mir vor, konnte immer schnell ein Zuhause finden. Zuerst hatte er sein Zuhause im Esperanto gefunden, und nach einer verhältnismäßig kurzen Zeit der Heimatlosigkeit hatte er es wiedergefunden in den lauten Straßen dieser Stadt, in diesem Haus, und zugleich als Angestellter von Herrn Bogen.

Nach der Wende in Ungarn war er zuerst nach Polen gegangen. Dann war er in Amsterdam gewesen, später in England. Dann in Brüssel. Später in Köln. Daraufhin ging er zurück nach Ungarn, nach Budapest. Niemand wusste, warum er zurückgekehrt war, auch er selber nicht. Monate später kam die Verabredung mit dem Liechtensteiner Esperanto-Partner. Er kam also in diese Stadt. Er hatte erzählt, dass er einen Tag nach der historischen Esperanto-Begegnung, als er aus seinem Hotelzimmer herausgekommen und den Himmel und die Hochhäuser in der Stadtmitte angeschaut hatte, sofort wusste, was er lebenslang gesucht hatte. Auf einmal wusste er, dass diese Gebäude dort, die unweit der erhabenen Wolkenkratzer standen, und die Straßen, die zwischen diesen Hochhäusern verliefen, und überhaupt alle Straßen dieser Stadt und alle ihre Häuser, die Sprache gesprochen hatten, die er lebenslang stillschweigend gesucht und nicht gehört hatte, von niemandem und nirgendwo. Er verstand sofort. Das war die Sprache, die er lebenslang, ganz gleich wo er war, im Leisen und nur mit sich gesprochen hatte, da er ja wusste, dass sie sonst niemand verstand. Hier wusste er nach und nach, dass er die anderen Sprachen, wie das Ungarische und Esperanto, aber vor allem Esperanto, aus gutem Grund vergessen durfte. Er wusste selbst nicht, was in dieser Stadt war, das ihn so fasziniert hatte, aber das Gefühl, dass seine Seele hier zuhause war, dass seine Seele diesen Ort erblickt hatte, lange bevor er hierhergekommen war, täuschte nicht. Und treffender hätte er die Lage für sich nicht beschreiben können. Aber das war genug. Doch nachdem es ihm gelungen war, in dieser Stadt zu bleiben, mit Leib und Seele zu bleiben, mit Papierkram und so weiter, benötigte er keine Sprache mehr, er schwamm dann ohne Mühe in der Welt, in seiner eigenen Welt, in der von ihm eroberten Welt, wie ein Fisch im Wasser. Herr Bogen hatte dies sehr gut verstanden. Als Angestellten brauchte er jemanden, der zufrieden, anspruchslos und schweigsam war wie ein Soldat. Dies waren die Voraussetzungen dafür, dass Herr Bogen an ihm Gefallen fand. Davor hatte er mit den anderen kein Glück gehabt. Der Ungar hatte daraufhin selbstverständlich von hier und dort Deutsch gelernt, doch auch darauf hätte er gut verzichten können. Genauso wenig bestand Herr Bogen, sein Arbeitgeber, darauf, dass der Angestellte Deutsch verstand. Der Ungar arbeitete und lernte trotzdem nebenbei, aber mit viel Eifer, Deutsch. Doch er blieb wortkarg (er war der einzige im Haus, der auf krankhafte Art und Weise wenig sprach, und wenn ich im Treppenhaus an ihm vorbei ging und ihm mein „guten Tag" zuwarf, dann begnügte er sich damit, unmerklich zu nicken). Aber ab und zu - das kam vor - wenn er einen einzigen Satz oder ein paar kurze Sätze hervorbrachte, dann wusste man sofort, dass er mit der hiesigen Sprache gut vertraut war. Und er musste nicht mehr so viel beschreiben. Ihm reichte das, was er sah, was er lebte, was er tat. Er schwamm. Er hatte genug Wasser. Herr Bahden sagte, dass der Ungar in der Welt schwamm, auch wenn er regungslos in seiner Wohnung am Fenster oder irgendwo sonst auf der Straße stand. Und Frau Habel erzählte, dass, wenn er zuhause und umgeben von seinen Verwandten war, ja selbst dann kein Wort sprach. Alles um ihn herum redete und schrie. Und er stand in einer Ecke und sah zu und lachte lautlos aus der Tiefe seines Herzens.

Und schwieg. Und lächelte eifrig und gleichförmig.

Nach den kurzen Unterhaltungen, die wir nebenbei, wenn wir zufällig und zur gleichen Zeit hinaus oder hineingehen wollten, führten, sah ich ihn allmählich immer weniger, und wenn ich ihn sah, dann in der Begleitung einer Frau und drei unterschiedlich großer Kindern. Er begnügte sich mit dem Nicken und mit dem gleichförmigen Lächeln. Doch manchmal hob er den Arm und warf mir ein leises „Guten Tag" zu, auf Deutsch, versteht sich. Und lächelte weiter vor sich hin.

Allmählich, wenn ich mich ins Bett legte und ihre Stimme von oben hörte, war ich mir nicht sicher, ob die Zimmerdecke wirklich eine Trennlinie zwischen oben und unten war. Vielleicht nur optisch. Denn meine Ohren vernahmen ihre Stimme so, als wäre sie in meiner unmittelbaren Nähe. Gewiss, die Wände waren hellhörig, auch wenn Herr Bogen dies nicht wahrhaben wollte. Und mithilfe meiner Ohren konnten meine Augen sich die Bewegungen meiner Nachbarin vorstellen, ihre Gesten, ihre Lippen, die die Worte aussprachen, ihre Hände, die sich unter dem Leitungswasser befanden und Geschirr usw. wuschen, und nicht zuletzt ihre Beine, die sich in diesem warmen Juliwetter im leichten Kleid barfuß hin und her bewegten. Ich stellte mir den Raum vor, in dem sie sich aufhielt. Gemälde an der Wand. An der Ecke ein Tisch mit Fotos und einem Kalender darauf. Und die Wände. Und wieder sie, die manchmal hin und her ging, ganz leise, ohne zu singen.

Doch einen Tag später sang sie wieder. Sie drehte den Wasserhahn in der Küche auf und sang. Klares Wasser floss ins Wasserbecken. Ich hörte es rauschen, es war ganz gewiss ein klares Wasser. Die Kanne pfiff. Das Wasser kochte. Dann wurde Tee (oder Kaffee?) getrunken. Sie unterhielt sich mit niemandem. Niemand unterhielt sich mit ihr. Sie war allein. Weder von dem Albaner noch von sonst jemandem vernahm ich einen Ton. Als ich merkte, dass sie ungestört das Singen fortsetzte, vergewisserte ich mich, dass ihr Albaner heute nicht zugegen war. Ich sprang aus dem Bett und ging hoch und klopfte. Einige Sekunden hörte ich nichts. Ich klopfte lauter. Darauf vernahm ich zitternden Herzens wie sich ihre Füße der Tür näherten. Die Tür ging auf. Doch zu meiner Enttäuschung stand nicht sie, sondern wieder er in der Tür, der Albaner. Ich grüßte (Hallo!) und schaute auf seine Füße. Er trug Sandalen. Da ich nicht darauf gefasst war, ihm zu begegnen, wusste ich jetzt nicht mehr, wie weiter. Doch das war nicht so schlimm, da er ja meine plötzliche Verwirrung bestimmt darauf zurückführte, dass wir zwei völlig fremde Sprachen hatten. Ich versuchte mich mit Zeichensprache verständlich zu machen. Ich machte Bewegungen mit meinen Händen, zuerst mit der Rechten und dann mit der Linken, dann mit beiden zusammen (dabei wusste ich nicht, ob ich mit beiden wirklich das Gleiche zum Ausdruck brachte). Aber was wollte ich ihm sagen? Was hätte ich ihm sagen sollen? Davon hatte ich selbst keine Ahnung. Hätte ich seine Sprache gekonnt, so hätte ich ihm mit Worten genauso wenig erzählen können, vielleicht noch weniger. Aber meine Bewegungen hatten anscheinend doch eine Bedeutung bekommen, denn er schloss die Tür hinter sich und wartete auf mein nächstes Zeichen. Ich ignorierte ihn. Und als ich losließ und hinunterging, folgte er mir, mit seinen quietschenden Sandalen. Und vor meiner Wohnung machte er Halt und wartete. Worauf wartete er? Wollte er mit mir herein? Ich öffnete und zeigte nach innen, dabei drehte ich die Handfläche prompt um einige Grade, die so viel bedeuteten wie: „Was sagen Sie? Was wollen Sie? Wollen Sie rein? Weshalb?“. Er kam herein. Möchte er sich setzen? Ja, er setzte sich. Ich fragte ihn, ob er einen Kaffee trinken wolle, das heißt, ich hob die rechte Hand in die Brusthöhe und hielt sie so, als hätte ich eine Tasse Kaffee zwischen den Fingern, dann machte ich einen kleinen Bogen bis zu meinen Lippen und schüttete den imaginären Kaffee in meinen Mund. Schlürf! Die Bewegung und das Schlürfen verstand er. Auch die imaginäre Tasse in meiner Hand sah er. Natürlich. Und Kaffee gab es bestimmt in seiner Sprache, gleich wie fremd nun seine Sprache war. Die ganze Welt sagt Kaffee, es ist, wie wenn man Yamaha sagt. Oder Mazda und so weiter. Es ist fast immer so mit den transportablen Produkten, dass sie ihre ursprünglichen Namen mitnehmen, ganz gleich, wohin sie gehen, ganz gleich, wie weit sie sich von ihren Ursprungsländern entfernen. Die Produkte überschreiten Grenzen, und egal, wo sie ankommen, nennen sie ihre Namen. Auch die Menschen tun dies, mehr oder weniger.

Der Albaner nahm auf dem Sofa Platz und wartete geduldig und schweigsam auf seinen Kaffee (was hätte er sagen sollen?). Dabei schaute er auf meine Bewegungen, wie ich Wasser aufsetzte, wie ich zwei Tassen im Spülbecken der Kochnische spülte und mit einem nicht ganz sauberen Tuch abtrocknete. Dabei dachte ich an ihn, an meinen Gast. So ein Blödsinn.

Wir haben alle mit Menschen zu tun, die wir uns lieber vom Leibe halten würden. So einer war der Albaner, obwohl er ein ganz stiller Albaner war, so als wäre er nicht der, der sich oben hin und wieder mit Lana unterhielt. Und ausgerechnet bei einer dermaßen unerwünschten Gelegenheit war ich mit solch einem Burschen in einen engen Raum geraten. In so einem Fall wird der Raum restlos vom derartigen Menschen eingenommen. Dann merken wir, dass es dort für uns selbst keinen Platz mehr gibt. Keinen Platz, aber auch keine Befreiung. Es gibt Wände im Außen und im Innen. Ja, es sind diese Wände, die niemand überspringen kann.

Auch wenn er nicht so breitschultrig war, nahm

er trotzdem den ganzen zur Verfügung stehenden Raum ein, in der Art wie er still da saß. Das lag aber nicht an dem Raum selbst, sondern an ihm. Vielleicht nicht an ihm, aber mit Sicherheit an etwas, das er an sich hatte, in sich trug. Oder an dem Grad des Blödsinns selbst. Solche Erfahrungen hat jeder von uns gemacht. Gewiss, ich konnte mich nicht mit ihm unterhalten. Aber gesetzt den Fall, ich verstünde seine Sprache oder er meine, würden die Wörter, die aufgeschreckten Wörter in mir steckenbleiben und sich nicht im Geringsten rühren, mit keinem Flügel schlagen, mit überhaupt keinem.

Mir ging es so, als müsste ich trotzdem nach irgendwelchen vergessenen Wörtern in einer in mir toten Sprache suchen, um mich mit ihm zu unterhalten, oder zumindest das Esperanto in mir, das ich nie gelernt hatte, zum Leben erwecken. Oder selber ein neues Esperanto in mir entdecken, erfinden. Oder sonst eine Sprache, die dieser Albaner, und mit ihm die ganze Menschheit, verstand. Unmöglich. Alles, was tot in mir war, blieb tot. Und was am Leben war, nutzte nichts. Warum war er da? Was wollte er? Fragte ich mich wiederholt, obwohl ich jetzt sicher war, dass er mein Zeichen von Anfang an falsch verstanden hatte und deshalb in meine Wohnung eingetreten war. Wie ein Eindringling, der auf seinen Kaffee nicht verzichten konnte. Was tun? Ihm einen Kaffee geben, und dann ein anderes Zeichen, das so viel bedeutete wie „das war's“, ihm den Ausgang zeigen; Ciao bello. Und so deutlich, dass er verstand?

Er saß fast regungslos auf dem Sofa, doch ich sah ihn vor mir und rechts und links von mir. Und überall im Raum. Mit dem Kaffee servierte ich ihm ein paar Kekse. Und ich versuchte, solange er seinen Kaffee trank, ihn mit Mimik und Gestik, mit ungeborenen Wörtern, mit toten Wörtern, und mit dem, was mir überhaupt und irgendwie zur Verfügung stand, zu unterhalten, da der Eindringling jetzt ja sowieso in meiner Wohnung saß, auf meinem Sofa, so als wäre er mein Sohn, der verlorene Sohn, der wieder daheim wäre, so, als wäre er schon immer dagewesen, ein fester Bestandteil der Wohnung, fester Bestandteil meines Selbst.

Ich setzte mich dann auf die Kante meines Schlafsofas, das ich noch nicht zugeklappt hatte (ich klappte mein Schlafsofa gewohnheitsmäßig fast nie zu und ließ mein Bett immer so, wie es war), damit ich genug Abstand von meinem Gast besaß. Und als wir beide an unserem starken Kaffee nippten, da erklang die niedliche Stimme der albanischen Frau wieder. Und es war noch seltsamer. Da ich sie ja normalerweise nur dann hörte, wenn ich im Bett lag. Und es war wieder das gleiche Lied, das sie vor sich hinsummte, das banale Lied vom Gretchen. Ich zeigte auf das Fenster. Ich sagte: „Lana“. Der Albaner nickte und gab keinen Laut von sich.

„Goethe. Sie singt Goethe“, sagte ich.

Der Albaner nickte wieder und sagte: „Goethe“.

Sicherlich war er noch nicht lange in Deutschland. Er hatte jetzt bestimmt einige bescheidene deutsche Wörter, die er ab und zu mir und den anderen zuwarf, aber keine Bausteine, mit denen er einen Satz, ein kleines Häuschen, bauen könnte. Er lebte geistig schlichtweg immer noch in seinem großen albanischen Haus, in einem Haus mit Kindern und Mutter und Großmutter und was weiß ich. Dass ich aber immer wieder seine Stimme hörte, wenn er deutsch mit der Frau redete, konnte ich nicht nachvollziehen. Das blieb ein Geheimnis. Ich wusste ja, dass diese Zwiegespräche nicht von den Nachbarn der unteren Etagen oder von den benachbarten Häusern kamen. Das war klar. Und davon überzeugt zu sein, dass die Stimme von meiner albanischen Nachbarin kam, war ja ganz logisch. Alles andere wäre für meine Vorstellungskraft noch komplizierter. Einfach unvorstellbar. Jetzt, wo er da saß, sollte ich vielleicht nach Lana M. fragen, nach seiner Freundin, oder nach seiner Frau oder vielleicht Schwester. Vielleicht hatte er irgendwo sonst seine Frau und seine Familie. Ich sollte fragen, ob er überhaupt Kinder hat? Wenn nicht, aus welchem Grund, wenn ja, wie viele und wo sind sie denn? Und er hätte mir endlich sagen können, ob es wirklich Lana war, die auf Deutsch sprach, die Goethe sang. „Lana“, sagte ich nochmals und fragte:

„Hören Sie?“ und machte mit der Hand eine Bewegung in der Luft, als wollte ich ihm die Stimme in der Luft zeigen.

Er verstand meine Zeichensprache nicht. Er sagte trotzdem: „Lana.“ Und nach einigen Sekunden setzte er hinzu: „Nix Deutsch“, und lächelte wie ein Idiot.

Die Stimme kam wie eine schöne Melodie aus dem Fenster, das offen stand. Es war jetzt ganz deutlich. Die Stimme machte einen Bogen, flog mit dem Wind und kam dann herein, sie kam wie eine Schar kleiner verirrter Vögel zum Fenster hereingeflogen. Würde ich das Fenster schließen, so würden die Wörter, diese klaren Wörter verstummen. Und dann werden auch die Wände keine Sprache mehr finden. Die Wände, diese Zwischenwände, die sonst eine Sprache haben und eine Stimme, werden schweigen, dachte ich. Auch die Fenster, die sonst lauten Fenster, werden verstummen. Dann werden wir - er und ich - nichts hören. Überhaupt nichts. Für immer. So, als hätte jeder von uns zwei taube Ohren von Herrn Bahden bekommen. Ich zeigte auf das Fenster, so als wollte ich ihm nochmals die Stimme, die fliegenden, flatternden Wörter, zeigen. Die hereingeflogenen, verirrten Vögel. Seine Augen sahen meinen Fingern entlang, als suchte er wirklich nach etwas in der Luft. Und dabei wirkte er noch komischer. Dort, wohin mein Finger gezeigt hatte, hatte er nichts gefunden.

Ich wusste, dass er mich nicht verstand, ich bastelte mir aus Trotz einen schweren Satz zurecht, wiederholte ihn hin und wieder bei mir im Stillen und sagte dann mit viel Nachdruck und ziemlich laut, so als hätte ich in einem Saal voller gleichgesinnter Zuhörer gesprochen: „Immerhin“, rief ich andachtsvoll, „immerhin öffnen sich die Menschen Fenster in dicken Wänden oder Öffnungen in den Dächern, damit die Engel zu ihnen sprechen, und zwar in einer Sprache, die sie verstehen, obwohl die Wände und die Dächer auch ohne solche Fenster und Öffnungen zu den Menschen sprechen, manchmal ganz laut sogar, lauter als genug.“ Ich atmete tief, und dann ihm, dem Albaner, wieder zugewandt, setzte ich hinzu: „Sie sind gewiss kein Komponist.“ Ich wollte ihn zuallererst provozieren, damit er endlich verstand, dass es keinen Sinn hat, hier sitzenzubleiben, und vor allem, nachdem der Kaffee ausgetrunken war, hier weiter sinnlos zu verharren und mich anzustarren. Damit er endlich begriff und verschwand. Ja, mein schwerer Satz sollte ihm unter anderem demonstrieren, und zwar ganz klar, dass ich nichts – ihm sowieso nicht – zu sagen hatte. Und basta.

Ich war stolz auf das, was ich soeben vorgetragen hatte, zumal aus Trotz, dass er mich nicht verstand, aus Trotz, dass er mich nicht verstehen wollte, nicht verstehen konnte. Ich wünschte einfach, dass die Wand zwischen uns höher würde. Dass die Wand hörbar würde, hörbar und sichtbar. Ich lächelte, und meine Wörter klangen in meinen Ohren und meinem Kopf weiter und vermischten sich mit Lanas melodischen Wörtern, ohne dass ich selber recht verstand, warum. Und obwohl ich nach einigen Minuten das eben Gesagte vollkommen vergessen hatte, hallten sie weiter, so als lebten sie weiter in meinem Inneren, auch wenn sie in der Realität schon tot waren. Sie klangen in meinem Inneren weiter fort, als wären in meinem Kopf Wände, gegen die die Wörter prallten. Und sie wollten irgendwohin, und es ging nicht. Und dann, als ich merkte, dass sie endgültig tot waren, sah ich, dass der Albaner lachte. Er fand es anscheinend lustig. Wahnsinn. Er lachte und schüttelte den Kopf und sagte: „Nix Deutsch". Dann starrte er mich so an, als wartete er auf die Fortsetzung der Wortkette, die ich so eben beendet hatte, einfach so, auf Deutsch, oder als wartete er darauf, dass ich diese und weitere Sätze für ihn in seine Muttersprache übersetzte. Oder wollte er, dass ich einen Vortrag in einer Sprache hielt, die er nicht verstand, damit er ganz sicher würde, dass da irgendetwas schief lief, und damit er mich los würde, je schneller, desto besser für ihn? Aber wer behielt ihn hier? Er machte es sich auf dem Sofa bequem, nippte wieder an seiner längst geleerten Tasse und sagte einen langen Satz, vielleicht einen albanischen, der ungefähr so klang, wie ich ihn hier wiedergebe: „Tamasi malaku di kali da sidi milash bulango malano bo wigari hanobu gelabusu gamaso la ma loosoo da goo… usw.“

Ich weiß nicht weshalb, aber mir kam es vor, dass ich einen Schamanen bei mir in der Wohnung hatte, der mir Sätze aus einer unbekannten fernen und verlassenen Sprache vorlas. Schamanen habe ich nie verstanden. Und Schamanen habe ich nie gemocht. Und er hatte sich jetzt in einen Schamanen verwandelt, und umso unverständlicher wirkte er. Er lachte. Dann stand er auf und ging.

Ich weiß. Ich wusste es immer schon. Angefangen hatte es mit dem Sturz des Babylonischen Turms. Seitdem tragen wir Teile des Himmels, den wir nie erreicht haben, in uns. Der eine mehr, der eine weniger. Sprachfetzen, Himmelsstücke, Sternenstaub, Gotteshauch, Teufelskram. Alles nur stückweise, wie nach einem schrecklichen Erdbeben. Aber gerettet haben wir ja Etliches. Und das möchten wir nicht verlieren. Auf keinen Fall.

Alle unsere Stadthäuser haben etwas vom Babylonischen Turm in sich. In allen Städten, in denen man immer noch nicht weiß, dass man damit keinen Himmel erreicht, überhaupt nichts erreicht, baut man weiter. Und man versteht noch weniger, man versteht die anderen weniger, aber vor allem sich selbst versteht man weniger.

In so einem Ort, in so einem Haus, in dem alles geregelt ist und jede Person beziehungsweise jede Familie in einem bestimmten Stockwerk wohnt, kommt es selten vor, dass Leute aus den unteren Stockwerken nach oben gehen. Es besteht einfach kein Grund dazu. Und ich traf einmal, so kurz vor Mitternacht, Herrn Bahden doch oben, vor meiner Wohnungstür, als ich öffnete, um hinunterzugehen und frische Luft zu schnappen, nachdem ich die Hoffnung aufgegeben hatte, von Lana etwas zu hören. Warum war Herr Bahden so hoch gestiegen? Wollte er auch nach oben auf der Suche nach der Quelle der Stimme? Er meinte, er wolle sich mit mir treffen, um einiges zu besprechen. Doch kurz darauf musste ich feststellen, dass er eigentlich nichts Wichtiges zu besprechen hatte, nur das Übliche. Wir setzten uns im Treppenhaus vor die leere Wohnung im dritten Stockwerk. Während er sich hinsetzte, machte er mir auf seiner rechten Seite Platz.

Die Treppenhäuser haben praktisch so viel Platz in der Breite, dass zwei Personen nebeneinander auf einer Stufe sitzen können, ohne sich zu berühren. Doch niemand setzt sich auf diese Art auf die Stufen. Jedenfalls keine erwachsene Menschen, vielleicht ab und zu kleine Kinder, die auf ihre Mutter oder ihren Vater warten, solange sie oder er sich drinnen bereitmachen, aus der Wohnung hinauszutreten. Vielleicht mussten die kleinen Verwandten des Ungarn ab und zu auf diese Art und Weise im Treppenhaus warten, wenn sie zu ihm zu Besuch kamen, worüber Frau Habel alles andere als erfreut war. Ein einziges Mal hatte ich Herrn Borosch mit einem seiner Kinder dort unten auf der Stufe sitzen sehen. Als ich vorbeigehen wollte, rückte jeder zur Seite, damit ich durchkam. Und vor vielen Jahren, als meine Tochter noch ein kleines Kind war und sehr froh darüber, mit mir und ihrer Mutter in die Stadt spazieren zu gehen, ließ sie die Wohnungstür offen und eilte hinaus, bevor wir fertig waren. Die Mutter schrie ihr nach: „Nicht so schnell" oder „Warte noch eine Sekunde" oder „Mach zumindest die Tür zu!" Damals waren wir im zweiten Stock eines Mehrfamilienhauses, doch sobald wir in der Wohnung waren und zuschlossen, hörten wir die Nachbarn nicht. Die Geräusche in der Wohnung waren die, welche wir selbst produzierten, Tochter, Mutter und ich.

Doch dass zwei erwachsene Menschen, zwei Männer, auf der Stufe sitzen, mitten im Treppenhaus, in so einem Zustand, gegen Mitternacht, das habe ich selbst nur dieses einzige Mal erlebt. Und aufgrund der Tatsache, dass der Treppenaufgang in diesem Haus enger wurde, je höher man stieg, war im dritten Stock, wo wir saßen, nicht genügend Platz für uns beide, und wir mussten ganz eng nebeneinandersitzen. Diese Szene hat deshalb tiefe Spuren bei mir hinterlassen. Es war so, als wäre sie eine ganze Geschichte für sich. Und das war eines der letzten Gespräche mit Herrn Bahden. Auch darum habe ich diese Szene, zwei Männer zu Mitternacht auf der Stufe im Treppenhaus, nicht vergessen, und jedes Mal, wenn ich daran denke, werde ich trübselig. Und ich frage mich natürlich immer noch, ob er sich in der Tat wirklich mit mir unterhalten wollte. Ob sein Vorschlag, im Treppenhaus zu sitzen, nicht ein Versuch war, mich von irgendeinem andern Vorhaben, das ihn nach oben geführt hatte, abzulenken, was ihm eigentlich ja auch gelungen war.

Er redete wirr und ich verstand ihn kaum. Ich hätte ihn in dieser Nacht genauso wenig verstanden, wenn er geschwiegen hätte. Auch die Unheimlichkeit der Tatsache, dass ich mit ihm um diese Zeit hier saß, brachte es mit sich, dass ich ihn noch weniger verstand. Aber er schwieg keine Sekunde: „Sagen Sie mir bitte", flehte er, „wie kann es weitergehen? Würden Sie mit ihr sprechen, damit sie mich endlich in Ruhe lässt? Wird sie mich jemals in Ruhe lassen? "

Er redete ziemlich laut, und seine Stimme hallte im verschlafenen Treppenhaus. Ich fürchtete, dass seine Stimme Frau Habel aus dem Schlaf riss und sie zum Streitduell einlud. Doch es fiel mir ein, dass ich nie erlebt hatte, dass sie miteinander direkt redeten, dass sie sich direkt begegneten und miteinander stritten. Sie redeten lediglich übereinander, gegeneinander. In diesem Sinne war es mir eigentlich nicht unwillkommen, einmal, ein einziges Mal, zuzusehen, wie sie sich begegneten, mit welchen Worten, mit welchen Augen. Aber sie kam nicht, und er redete weiter. Er sagte, dass er von ihr geträumt habe: „Sie redet in meinem Schlaf, in meinen Träumen, sie taucht in allen meinen Träumen auf, auch wenn ich von anderen Kontinenten, von anderen Planeten, träume. Sie lässt mich nicht schlafen." Ich hatte nicht vergessen, wie er unlängst behauptet hatte, er träume nie von Frau Habel. Ich ließ ihn aber weiter reden: „Sie lässt mich nicht schlafen, auch wenn ich auf einem anderen Planeten leben würde. Das Komische ist, dass im Traum meine beiden Ohren kerngesund sind und jedes Wort auffangen. Alle ihre Worte. Ganz gleich, ob sie rechts von mir ist oder links, ganz gleich, wo sie sich befindet. Und sie befindet sich überall." Er schwieg einen Moment und lehnte sich an die Wand, so dass er mir jetzt schräg gegenüber saß, während unsere Beine sich berührten. „Keins meiner Ohren", fuhr er fort, „ist im Traum taub, verstehen Sie? Und sie beide hören ihre Stimme. Leider. Hören nur ihre Stimme. Nichts als ihre Stimme. Das ist grauenvoll. Das ist tödlich. Man würde sagen, dass ich im Traum lediglich innere Stimmen höre, die eigentlich keiner Ohren bedürfen. Doch sagen Sie mir bitte, woher sind zu viele Stimmen von ihr in mein Inneres eingedrungen? Woher? Bei Gott, würde ich tausend Jahre leben, so würde ich jeden Tag und jede Nacht ihre Stimme hören und sie würde mich keine Minute in Ruhe lassen. Auch wenn ich tausend Jahre alt würde.

Das ist schrecklich..." In diesem Moment, genau in diesem Moment, als er das Wort „schrecklich" aussprach, ging das Licht im Treppenhaus aus, und wir saßen dann für einige Sekunden im Dunkeln, dicht beieinander. Es waren nur einige Sekunden, doch sie hatten gereicht, dass mich das Gefühl überkam, mich in Josef Bahden aufzulösen, mit ihm eins zu werden, um demnächst gemeinsam mit ihm als eine einzige Person aufzutreten. Dann könnte jeder seine eigene Geschichte, so fachkundig wie nur möglich erzählen, bis das Licht käme, falls es käme. Aber ich hatte das Gefühl, würden wir zu erzählen beginnen, so würden wir mehr oder weniger das Gleiche erzählen, sogar mit derselben Wortwahl. Die Dunkelheit klebte an unserer Haut wie Sand, wie Salz, wie Teer, rann in uns wie eine zähe Flüssigkeit, wie die Dunkelheit in der fortwährend geschlossenen Wohnung im dritten Stock, sie rann in uns und machte unsere Gedanken gleich, machte uns von innen gleich. Und ich dachte, wenn das Licht nicht sofort kommt, werde ich für immer und ewig ein Josef Bahden sein. Ich stand auf, ging tappend ein paar Stufen höher, zu der Stelle, wo ich den Lichtschalter vermutete. Ich fand ihn und machte Licht. Als das Licht kam, konnte ich es nicht fassen; Bahden war nicht auf seinem Platz. „Wo sind Sie denn, Herr Bahden?", schrie ich, ohne Rücksicht auf die Nachbarn, ohne Rücksicht auf Frau Habel. „Ich bin schon unten", antwortete er. Ich lehnte mich an das Geländе und schaute nach unten und sah seinen grauen Kopf. „Und wo sind Sie?“, fragte er einige Sekunden später, ganz laut, so dass die Wände bebten. „Ich bin oben.“, antwortete ich etwas genervt. „Ich bin oben“, wiederholte ich, nicht allzu laut, aber so, dass ich sicher war, er hörte es. Er schien, sich zu beruhigen; ich horchte, wie er seine Wohnungstür aufschloss, eintrat, und wieder abschloss.

Herr Bahden war seit dreißig Jahren auf Reisen, obwohl er in seinen vier Wänden festsaß. Und er war in seinem Zimmer, obwohl sein Kopf überall auf Reisen war. „Das ist das Schicksal der Menschen in so einer Stadt, in so einer Welt“, erzählte er mir einen Tag später, als ich ihn wieder traf. Ich hatte bei ihm geklingelt, um zu erfahren, wie es ihm ging. Von der gestrigen Nacht sprach er nicht mehr. Aber gut gelaunt war er nicht, doch anderes hatte ich wohl nicht erwartet. „Reisen ist ein Schicksal, auch wenn man zuhause hockt.“ Sagte er. Ob der Kopf von Frau Habel, dem alle Dichter verhasst waren, auch genauso gut auf Reisen ging? „Sie ist eine Katze“, sagte er, „sie ist immer nur dort, wo sie sich befindet. Auch auf Reisen ist sie zuhause.“

Er sagte, dass er gern wie eine Katze hin und her gehen möchte, ohne Worte und ohne Erinnerung. „Ich will gern meine Sprache vergessen, alle Wörter.

Dann könnte ich ganz hier sein. Ganz hier. Oder auch irgendwo anders, wenn ich wirklich irgendwo anders sein wollte."

Ich wusste ja, dass Herr Bahden weder in diesem Haus einheimisch war noch in dem, was er zu Papier gebracht hatte und auch nicht in irgendeiner anderen Welt sonst. Hätte er das eine Haus konsequent verlassen, so wäre er in dem anderen ein wenig mehr zuhause gewesen. Das ist nicht auszuschließen. Und es gab schlichtweg viel zu viel von seiner Umgebung in seinen Schriften, obwohl er eine winzige Welt hatte und obwohl er Frau Habel in seinen Aufzeichnungen nie erwähnte. Er nahm einfach viel zu viel von seiner Welt in seine Fantasien und seine Gedanken mit, die ihn nicht weit wegführten, sondern ganz im Gegenteil viel tiefer in die gleiche Welt hinabsetzten, die er schreibend verlassen wollte. Indem er bemüht war, über seine Welt zu schreiben, war er in seinen eigenen Käfig geflogen, lebenslang. Oder ist das vielleicht bei jedem Dichter so?

Er sagte, wenn wir imstande wären, das Innen als das Außen und das Außen als Innen zu betrachten und alles als einen und denselben Raum, wie die alten Buddhisten es geschafft haben, dann würden wir die Erdbeben, zumindest die privaten, aus unserem Leben restlos verbannen.

„Wie denn?", fragte ich, „haben denn die Buddhisten es wirklich geschafft?" Da knallte er die Tür zu. Vielleicht hatte er meine Frage nicht gehört oder einfach nur ignoriert, weil er dafür keine Erklärung fand.

Ich blieb eine Weile im Treppenhaus stehen, als erwartete ich, dass er die Tür wieder aufschloss, sich für sein Verhalten sogar entschuldigte und mir eine Antwort gab, eine Antwort buddhistischer Art vielleicht. Aber umsonst. Er schloss nicht auf. Ich betrachtete minutenlang das Katzenplakat, dann ging ich hoch mit der Verwunderung über sein missachtendes Benehmen. Doch ich wusste, dass ich diesen Vorfall als nicht zu arg betrachten sollte. Ich versuchte sogar, dies mit seinem tauben Ohr in Verbindung zu bringen.

An diesem Abend hörte ich von Lana wieder nichts. Und ich schlief ziemlich früh ein. Ich träumte, dass jemand an meiner Bettkante saß und ich mich bei ihm über Josef Bahden beschwerte, indem ich die folgenden Sätze unermüdlich wiederholte: *„Warum will Herr Bahden seine Sprache vergessen? Warum wirft er die Wörter, diese kleinen harmlosen Wörter, in die Mülltonne? Warum sucht er sie am nächsten Tag wieder? Findet er sie wieder oder findet er sie nicht? Und wenn er sie wieder findet, sind sie dann noch genauso gut und brauchbar wie vorher? (Oder werden sie schon in der Nacht von den Katzen aufgefressen?“* Der Mann, der stundenlang an meiner Bettkante saß und mir trotzdem unbekannt blieb, nickte von Zeit zu Zeit mit dem Kopf und sagte nichts. Er blieb still und hörte zu. „*Warum will Herr Bahden keine Kinder haben? Warum will er keine Tiere haben? Warum will er keine Blumen haben?*“, fragte ich ihn. Er nickte mit dem Kopf und sagte nichts. Und ich wiederholte das Gleiche wieder und wieder, und er nickte weiter mitfühlend mit dem Kopf und sagte kein Wort.

Es kam immer noch keine Antwort von meiner Tochter. Und im Grunde genommen wusste ich eigentlich nicht, ob ich auf eine Antwort von ihr wartete. Welche Antwort auf welche Frage denn? Vielleicht war ich doch zufrieden, dass keine Antwort kam. Vielleicht war ich im Grunde fest davon überzeugt, dass die Welt immer noch groß genug war, dass ich eigentlich nicht wissen wollte, ob sie sich nun in Bulgarien befand oder in Indonesien oder sonst wo. Auch ihre Mutter meldete sich nicht mehr. Und ich wusste nicht, ob das gut oder schlecht war. Auch damals, als wir zusammen in einer Wohnung waren, waren wir weit entfernt voneinander. Jahrelang waren wir in einer Wohnung, aber doch entfernt voneinander, bis die Trennung kam. Und als die Trennung kam, wurde die Entfernung nicht wirklich größer als das, was sie immer war. Dass die Tochter sich später so weit entfernte, war vielleicht eine Rache an uns. Sie entfernte sich in jeder Hinsicht.

Ich dachte immer wieder an sie, auch wenn ich dies vermeiden wollte. Was hätte man da machen können? Landschaften an die Wand hängen? Katzen in die Wohnung bringen? Singen, schreiben? Was hätte man da sonst machen können?

Ich fing dann an zu schreiben. Doch ich schrieb nicht an meine Tochter oder ihre Mutter, sondern ich fing an, Aufzeichnungen über Josef Bahden und Maria Habel, aber vor allem über Lana zu machen.

Bis auf einige überraschende Ausnahmen kannte ich mittlerweile viele der Angewohnheiten Lanas. Ich wusste, an welchem Tag sie Wäsche wusch, wann sie Geschirr spülte, wann sie Wasser aufsetzte, um Kaffee oder Tee zuzubereiten. Sogar wann sie ins Bad ging. Auch das wusste ich. Sie produzierte aber auch weitere Geräusche, die ich nicht identifizieren konnte, aber die sich mit denen ihres Besuchers oder auch anderer Nachbarn (das kam selten vor) vermischten. Dann wusste ich nicht so genau, wo sie stand, was sie gerade machte. Ich verlor sie dann, sozusagen, aus den Augen meiner Fantasie, was wiederum zur Folge hatte, dass sie umso dunkler und geheimnisvoller in meiner Fantasie bestehen blieb und dort verharrte. Und meine Fantasie betrachtete sie dann blindlings. Ich sah sie vor mir mit blinden Augen.

Doch an einem Abend geschah folgendes. Es war kurz nach Mitternacht. Ich lag im Bett und konnte nicht schlafen. Der Albaner war wieder bei ihr. Sie saßen in der Küche. Nachdem er eine Kette von langen unverständlichen Sätzen von sich gegeben hatte, war Stille eingekehrt. Darauf sang sie vor sich hin. Er blieb still. Sie beendete dann ihren Gesang und fragte urplötzlich: „Kennst du Dädalus?“

„Dädalus?“, erwiderte er.

„Ja, Dädalus. Dädalus war in seinem eigenen Labyrinth gefangen, aber es gelang ihm die Flucht. Aus Wachs und Vogelfedern fertigte er Flügel an und flog hinaus“.

Es herrschte wieder Stille. Ich lag auf dem Rücken und versuchte, den Blick gegen die Decke gerichtet, mir vorzustellen, wo sie saß und wo er saß. Ob sie schon im Bett lagen? Ob sie im Bett war und er einige Meter entfernt auf einem Stuhl saß? Wie groß war eigentlich ihre Wohnung? Immer wieder, wenn ich auf der Straße vorbeigegangen war, hatte ich versucht, ihre Wohnung in der Länge optisch zu durchmessen und vom Fenster ihrer Küche ausgehend, die nur zwei bis drei Meter von meinem Schlafzimmerfenster entfernt war, die Lage anderer Zimmer zu erfassen, um mir besser vorstellen zu können, wo sie sich aufhielten, wenn ich die Stimmen hörte. Dann hörte ich erneut die Stimme des Albaners und das gleiche Gespräch wurde wieder geführt, aber mit gewechselten Rollen:

„Kennst du Dädalus?“, fragte er.

„Dädalus?“, erwiderte sie.

„Ja, Dädalus. Dädalus war in seinem eigenen Labyrinth gefangen, aber es gelang ihm die Flucht. Aus Wachs und Vogelfedern fertigte er Flügel an und flog hinaus".

Darauf war es wieder still. Und ich fragte mich, ob meine Ohren sich getäuscht hatten. Ob das ein Spiel war oder ob ich geträumt hatte. Ich stand auf und ging ans Fenster. Alles dunkel. Auch die Straßenlaternen halfen nicht. Es nieselte und die Bäume glitzerten. Sie glitzerten so, als wäre es ihr eigenes Licht. (Aber woher bekamen sie denn das Licht, fragte ich mich.) Ich ging im Zimmer auf und ab. Dann ging ich ins Bett zurück, mit dem vergeblichen Versuch, die Stimmen wieder zu hören.

Am folgenden Tag hustete Lana heftig. Auch am Tag darauf. Sie hatte sich mit Sicherheit eine Grippe eingefangen. Sie blieb den ganzen Tag zuhause. Sie spülte, sie stellte das Geschirr in den Schrank. Und sie hustete. Sie schloss die Küchentür und öffnete sie nochmals. Und sie hustete immer wieder. Ob sie in der Küche war oder durch den Flur ging, immer hörte ich ihr Husten und seltener und leiser ihren Gesang. Und sie führte keine Gespräche mehr, mit niemandem. Der Mann war anscheinend nicht bei ihr. Sie war allein. Allein und krank. Ich überlegte mir, ob ich bei ihr klingeln sollte und fand eine Rechtfertigung. Ich sprang aus dem Bett, verließ die Wohnung und ging die Treppe hinunter. Falls es in ihrem Briefkasten Post für sie gab, und niemand mir zusah, könnte ich ihre Post, wenn auch mühselig, aus dem Spalt des Briefkastens herausnehmen und sie dann zu ihr hochbringen, mit der Behauptung, der Briefträger hätte sie versehentlich in meinen Briefkasten eingeworfen. Es waren mehrere Umschläge in ihrem Briefkasten. Ich konnte annehmen, dass sie einige Tage nicht nach der Post geschaut hatte. Mit etwas Mühe gelang es mir, einen kleinen Umschlag aus dem Briefkasten herausziehen, wobei eine Ecke eingerissen wurde. Als Absender war der Name einer Schule zu sehen. Ob sie eine Lehrerin war, fragte ich mich. Ich ging mit dem Brief in der Hand nach oben und klopfte bei ihr. Doch sie öffnete wieder nicht. Ich klopfte nochmals. Ich ging wieder hinunter und wollte den Brief zurück in den Briefkasten einwerfen. Doch ich überlegte es mir augenblicklich anders; ich kehrte wieder hoch in meine Wohnung zurück, öffnete den Umschlag sehr sorgfältig und holte den Brief heraus. Aber es war kein Brief, sondern eine Quittung, die sie zu unterschreiben hatte. Wofür und wie viel, stand nicht in der Quittung. Die Mühe war umsonst. Ich machte den Brief wieder zu, versuchte, die eingerissene Ecke, soweit es ging, wieder zu ebnen, lief nochmals hinunter und warf den Brief in den Briefkasten zurück.

Doch den Albaner sah ich noch einmal, als ich

spätnachmittags die Haustür öffnen und eintreten wollte. Er nickte und bedankte sich, dass ich die Tür für ihn aufhielt, und er ging vor. Die Art, wie er ging, gefiel mir nicht. Als hätte er mich nicht wiedererkannt, als wäre ich nicht die Person, bei der er vor einer Woche Kaffee getrunken hatte. Er benahm sich so, als wäre er alleine im Treppenhaus und als würde ich nicht hinter ihm gehen. Bis zum vierten Stock war ich trotzdem in meinem Kopf auf der Suche nach einem Satz, um ihm etwas zu sagen. Endlich bastelte ich einen Satz zusammen, den ich erst oben angekommen aussprechen konnte, bei der Drehung der Treppe, im Angesicht der Katze neben meiner eigenen Wohnungstür. Ich war aber mittlerweile derart außer Atem, dass ich diesen kurzen Satz mit drei oder vier Unterbrechungen vortrug, so dass er jetzt keinen Sinn mehr ergab, auch nicht für denjenigen, der ihn eigentlich wörtlich verstehen konnte, und ich war nicht sicher, ob es wirklich das war, was ich zur Sprache bringen wollte: „Sind Sie schon daran gewohnt, ohne Aufzug hochzusteigen?“, fragte ich. Ich meinte natürlich seine Schnelligkeit und dass er trotz seiner ziemlichen Korpulenz nicht so keuchte wie ich, jedenfalls machte er nicht den Eindruck, als keuchte er. Er sah mich flüchtig an und nickte geschwind und fast unmerklich, so wie beim ersten Mal vor der Tür. So als wollte er wieder sagen: „Danke“, ohne klarstellen zu können beziehungsweise zu wollen, weshalb. Ich wusste aber, dass er mich nicht verstand, wollte mir aber weiter keine Mühe geben, mich verständlich zu machen, und es hatte jetzt sowieso keinen Sinn mehr. Es war auch nicht so wichtig. Als er seinen Schlüssel aus der Tasche zog und die Tür von Lanas Wohnung öffnete, bemerkte ich, dass ich aus Unachtsamkeit meine Wohnung im vierten Stock bereits hinter mir hatte. Meiner peinlichen Situation schenkte er offensichtlich keine Beachtung. Er öffnete und ging hinein. Ich sah ihm nach mit der Hoffnung, dass Lana sich erblicken ließ. Ich wollte mich ihrer Gesundheit vergewissern. Im Dunkel sah ich wieder den Schuhschrank. Darauf ein Paar rote Stiefel, gewiss ihre Stiefel. Als er meine Blicke hinter der halb geschlossenen Tür sah, nickte er, lächelte und schloss hinter sich zu. Ich wartete einen Moment. Dann ging ich hinunter. Bevor ich in meine Wohnung eintrat, hörte ich eine Stimme von unten. Jemand hüstelte. Ich schaute. Das war Borosch. Sein Kopf verschwand geschwind unter der Wendeltreppe. Und Sekunden später hörte ich eine Tür, die zuschlug. Auch das war merkwürdig.

Es kam selten vor, dass ich mich irgendwo in der Stadt zum Essen hinsetzte, bei einem Glas Wein, mit einer Zeitung, die man vor und nach dem Essen wie eine Fahne auf Halbmast aufschlägt. Ich vermutete, dass dies der letzte warme Tag in diesem Jahr war. Für den nächsten Tag waren Gewitter vorausgesagt. Ich war im Begriff aufzustehen und zum Rhein zu gehen. Doch eine Frau in Rot, die am zweiten Tisch rechts von mir Platz nahm, zog meine Aufmerksamkeit auf sich. Sie saß mit einem Mann und einem kleinen Baby da. Ich fragte mich, ob sie Lana war. Und das war der Grund, warum meine Aufmerksamkeit auf sie fiel; so sah Lana in meiner Vorstellung aus. Sie hatte lange Haare, große Augen, aufgeworfene, etwas bräunliche Lippen, und sie wirkte, so wie sie mit ihrer Familie da saß, sehr ausgeglichen. Auch sie sah mich einige Male an, mit großem Interesse, wie ich feststellte, lächelnd. Hatte sie mich mit jemandem verwechselt? Sah sie auch gewisse Ähnlichkeiten zwischen mir und jemandem, den sie kannte? Lebten unsere Seelen in zwei anderen Menschen, die jetzt irgendwo anders waren, in anderen Räumen, beschäftigt mit anderen Sachen, mit anderem Leben? Liebten sich unsere Seelen in den Tiefen fremder Räume, auf dem Grund vergangener, für immer und ewig vergangener Zeiten?

Viele andere, alte und junge Menschen, kamen und nahmen Platz. Sie tranken die Wärme und das Licht der Sonne mit Körper und Seele. Dabei setzten sie, so kam es mir vor, ein sorgfältig gezüchtetes Lächeln auf und zeigten es der Sonne und den anderen.

Auch der Tisch zwischen uns wurde besetzt. Doch die Frau schaute ein drittes und ein viertes Mal in meine Richtung, nicht ganz verstohlen. Und sie lächelte dabei.

So wie man deutlich sehen kann, was die Leute gerade essen (die Frau eine Pizza mit Salami, der Mann Spagetti Bolognese), so kann man möglicherweise, auch wenn man kein einziges Wort vernimmt, anhand der Formen, die die Münder annehmen, wenn sie bestimmte Wörter aussprechen, herausfinden, in welch einer Sprache sie sich unterhalten, woher sie kommen und welche Nationalitäten sie haben. Doch dieses Mal wollte mir gar nichts gelingen. Zumal die Gruppe, die ihr lautes Gelächter in alle Himmelsrichtungen schickten, unerträglich viele Geräusche machten. Doch die Dame in Rot und ihr unsympathischer

Begleiter sprachen sehr leise miteinander. Und das Kind schlief. Ich wartete, bis sie aufstanden und den Platz verließen. Und ich fragte mich weiterhin, ob sie Lana war und ob Lana ein Kind hatte. Dann eilte ich zum Rhein. Es war kurz vor Sonnenuntergang, und ich verbrachte nur ein paar Minuten dort und kehrte heim. Vor dem Haus traf ich Herrn Borosch, der, indem er lächelnd meinen Gruß beantworte, einen schweren Koffer zu seinem Auto hinrollte.

Am nächsten Tag, als ich am Schaufenster des Büros von Herrn Bogen vorbeilief, winkte er mir zu und gab mir wieder zu verstehen einzutreten. „Ab morgen werden Sie die lästigen Stimmen nicht mehr hören", sagte er. Auf meine Frage, was er damit denn meinte, antwortete er lachend, „Ihre Nachbarin zieht aus. Und ich habe noch keinen Nachmieter für sie gefunden. Ich hoffe aber, dass die nächsten Nachbarn Sie nicht belästigen." Obwohl ich sofort begriff, wen er meinte, fragte ich trotzdem: „Will Frau Lana M. ausziehen?" Er antwortete nicht. Stattdessen zeigte er mit seinem Finger nach oben, das hieß, die Nachbarin im Obergeschoss. Das war für mich selbstverständlich keine gute Nachricht. Aber was hätte ich da machen können. Wenn man sieben Monate lang mit den Nachbarn keine gute Nachbarschaft hat, genauer ausgedrückt, gar keine, dann ist auch ganz gleich, ob sie ausziehen oder bleiben. Im Stillen hofft man sogar, dass sie ausziehen, denn dann würde die

Möglichkeit bestehen, dass mit den Nachfolgern alles deutlich besser wird. Abgesehen von all diesen Spekulationen war mir eigentlich alles gleich. Lana war für mich nur eine Stimme. Nur eine Stimme und sonst nichts. Und sie sprach, ob mit ihrem Albaner oder mit einem anderen, in einem Kontext, der mich nicht im Geringsten etwas anging. Und das Lied, das sie sang, war immer dasselbe. Dieselbe gleiche Melodie.

Zwei Wochen später sah ich tatsächlich das weißrot gestreifte Bändchen vor der Haustür, ungefähr 10 Meter zwischen der Straße und dem Bürgersteig entlang. Das eine Ende an den Pfahl einer Straßenlaterne gebunden, das andere an einen Ast der Linde, die ihre Blätter verloren und ihre nackten Arme ausgestreckt hatte, so als suchte sie in der feuchten Herbstluft nach etwas Verlorenem. Dabei war aber kein Blatt mehr auf dem Boden. Straßenkehrer waren gekommen und hatten den Bürgersteig und die Straße gründlich gereinigt. Nun aber hatte der menschliche Geist der Nachbarin einen nackten glatten Arm der Linde, die keine Lebenszeichen mehr zeigte, genutzt, um an ihm das Bändchen zu befestigen. Das Bändchen zitterte, und es schien als atmete der nackte Baum doch, wenn auch insgeheim.

An der Laterne, in der Mitte des fest gespannten Bandes, und in der Nähe der Linde waren drei weiße Din-A4 Blätter angebracht und mit Rot bedruckt:

„AUSZUG MORGEN AB 09H. HIER BITTE FREI HALTEN!“

Am Abend fand ich es irgendwie doch traurig, dass sie auszog. Ich versuchte aber, daran nicht zu denken. Wenn demnächst andere Nachbarn kommen würden, dann wollte ich sie wohl willkommen heißen. Sie werden ebenfalls in der Küche sitzen und sonst wo und sich unterhalten, sie werden andere Sprachen haben, vor allem aber andere Stimmen. Vielleicht würde dann die Frau des Hauses eine andere Melodie anstimmen, ein vollkommen anderes Lied singen. Aber würde das mir etwas ausmachen? Würde all das an meinem Leben in meinen vier Wänden etwas ändern? Ich ging früh ins Bett und versuchte die Stimme Lanas zum letzten Mal zu hören. Doch ich vernahm an diesem Abend nichts. Keinen Klang, überhaupt kein Geräusch. Einfach nichts.

Bis auf die Albanerin kannte ich in diesem Haus alle gut. Doch wenn ich zuhause war, hatte ich, bis auf ihre immer wiederkehrende Stimme oder die ihrer Besucher, kaum andere Stimmen oder andere Geräusche wahrgenommen. Es herrschte eine vollkommene Ruhe. Und in dem Treppenhaus gab es außer den Katzenplakaten kein anderes Plakat oder Foto mehr. Das alles spielte keine Rolle in meinem damaligen Leben. Die Erinnerungen, die Vergangenheit, holten mich gelegentlich ein. Ich sah immer wieder die Bilder meiner Frau und meiner Tochter vor meinem geistigen Auge an der Wand, in der Luft, in der Leere. Manchmal waren sie mir plastisch so nah, dass ich sie berühren konnte. Doch ich wusste, dass es da Grenzen gab, Grenzen jenseits meiner Vorstellung, unüberwindbare Grenzen.

Ob die Skizzen Bahdens geeignet waren, sie mit einiger Umschreibung, mit Hinzufügen von diesem und jenem, mit Weglassungen hier und dort, zu einer originellen Erzählung zu machen? Eine so gut aufgebaute Erzählung, dass sie als Zufluchtsort für Bahden fungiert hätte, so dass er dort in Sicherheit wäre und nicht mehr gestört würde, weder von Frau Habel noch von ihrer Katze? Dass er ein geistiges Obdach für sich hätte? Jetzt war es offenbar zu spät, sich darüber den Kopf zu zerbrechen. Doch ich überlegte es trotzdem, ich versuchte es, und es war umsonst. Da war nichts zu machen. Und doch, nach mehrmaligen Versuchen musste ich immer wieder feststellen, dass ich eher Prosa in der Art von Josef Bahden schrieb, als dass ich wirklich etwas Eigenes zu Papier brachte. Ich hatte mir vieles von ihm angeeignet, so als wären es meine Sätze und nicht seine, als wäre ich selbst Herr Bahden, der ganz unten, in der unteren Wohnung, unter der Wohnung von Frau

Habel, wohnte und dadurch auch litt. So als wäre die Katze von Frau Habel immer wieder zu mir gekommen. Und so als belästigte mich die Stimme von Frau Habel fortdauernd. Mit dem Unterschied, dass ich jetzt, wenn ich im Bett war und genau zuhörte, die Stimme der Albanerin vernahm. Aber auch dies sollte bald zu Ende gehen. Noch überraschender war, dass auch Frau Habel nicht mehr allzu lange lebte.

Ich sah Frau Habel zum letzten Mal kurz vor ihrem Tod. Sie wirkte wie immer. Kein Anzeichen einer Krankheit in ihrem Gesicht. Nichts zu ahnen von dem, was bald geschehen sollte. Mit ihren großen Augen schaute sie mich an. „Liebe Frau Habel", sagte ich, „wissen Sie, dass Herr Bahden der Katze nichts angetan hat? Ich bin mir ganz sicher, dass er damit nichts zu tun hatte. Er ist ein harmloser Mann, der in seiner Wohnung sitzt und Bücher liest oder auch schreibt. Sie haben mir ja erzählt, dass er einen Gedichtband verfasst hat. Ich weiß aber von seinen phantastischen Erörterungen zu Räumen und Ähnlichem, die er eigentlich noch nicht veröffentlicht hat. Er ist ein alter belesener Mann, wissen Sie? Er hat seine Phantasien, seine Vorstellungen, seine Träume und vor allem seine Niederlagen. Ich gestehe ja, er lebt auf seine eigene Art und Weise. Außerdem, Sie haben Recht, besitzt er viele Bücher. Von allen Dingen der Welt besitzt er vielleicht nur diese Bücher und sonst nichts, aber wahrscheinlich braucht er auch nichts mehr..." Das war das erste und das letzte Mal, dass ich so, wenn auch nebenbei, mich auf Josef Bahden bezog und Frau Habel von ihm erzählte. Genauer gesagt, ich weiß nicht, warum ich Derartiges erzählte. Hatte ich vielleicht ihren vorzeitigen Tod erahnt, ohne mir dessen bewusst zu sein? Wollte ich Herrn Bahden im letzten Moment in Schutz nehmen, weil er mir leid tat? Wollte ich Frau Habel provozieren? Oder wollte ich die beiden miteinander versöhnen? Bis an diesem Tag war ich immer der Zuhörer gewesen, vor allem wenn es um Bahden ging, vor allem wenn Frau Habel von Bahden erzählte. Und jetzt hatte ich auf einmal angefangen, Frau Habel anzusprechen, ohne recht zu wissen, weshalb.

„Wie? Soll ich das Ihnen erzählt haben?", schrie sie auf, „von wegen. Ein Buch? Er und ein Buch, er soll einen Gedichtband veröffentlicht haben? Glauben Sie das wirklich? Das habe ich Ihnen nicht erzählt, gewiss nicht. Das hat er bestimmt selbst erfunden, er erfindet vieles über sich und über die anderen und über seine Vergangenheit und was weiß ich. Und nichts von dem, was er sagt, stimmt, weder das, was er über die anderen erzählt noch das, was er über sich selbst erzählt, und vor allem das stimmt nicht, was er über sich selbst erzählt. Er will beeindrucken. Wissen Sie, er will beeindrucken. Mich kann er aber nicht mehr beeindrucken."

Der Auszug von Lana war für Samstag geplant. Ich war fast die ganze Nacht wach geblieben, und erst am Morgen war ich eingeschlafen. Und ich schlief bis um elf Uhr. Als ich aufwachte, hörte ich keinen Laut. Kein Getrampel und Gepolter hatte mich aufgeweckt. Ich dachte, sie hätten sicherlich noch nicht angefangen. Der LKW wäre noch nicht gekommen. Stau, Verspätung, alles mögliche. Bevor ich meinen Kaffee trank, öffnete ich die Wohnungstür und blieb einige Minuten auf der Lauer. Ich hörte keinen Laut, von niemandem. Auch das Treppenhaus war so sauber wie schon gestern und vorgestern am Donnerstag, als es von der Putzfrau geputzt worden war. Keine Spur von einem Möbeltransport und dergleichen. Ich schloss die Tür wieder und setzte mich erneut an den Frühstückstisch. Kurz darauf hörte ich eine Männerstimme, die ziemlich laut im Treppenhaus nach jemandem rief, der sich angeblich unten befinden sollte. Dann eine Frauenstimme, ihre Stimme, von ganz unten, die im Treppenhaus tönte und in meinen Ohren jetzt anders klang als die, welche ich kannte. Aber ich wusste, dass das ihre Stimme war. Ich verstand nichts von dem, was die beiden sich zuriefen. Etwas war anscheinend nicht in Ordnung, etwas war schief gegangen. Dann hörte ich das Geräusch, das ich erwartet hatte, im Treppenhaus. Kein Zweifel, jemand schleppte geräuschvoll irgendwelche Möbelstücke nach unten. Oben schlug die Tür zu, ich hörte die Schlüssel im Schloss. Danach lief der Mann schnell treppabwärts. Spontan beschloss ich, ohne meinen schon kalt gewordenen Kaffee auszutrinken, aufzustehen und ihm folgend hinunterzulaufen, so wäre es endlich möglich gewesen, die Nachbarin zu sehen. Ich zog meine Hose an, ging kurz ins Bad, trat vor den Spiegel und strich mir mit der Handfläche über die Haare, wie wenn jemand vor die Geliebte treten möchte. Als ich die Schuhe anzog, bemerkte ich, dass mein Schlüsselbund noch in der Jacke steckte, die ich gestern Abend, als ich spät in der Nacht nach Hause gekommen war, in den Kleiderschrank gehängt hatte. Bis ich die Schlüssel herausnahm, verlor ich noch weitere Minuten. Im Treppenhaus war es inzwischen wieder still geworden. Ich eilte hinunter, Hals über Kopf. Und während ich ganz geschwind hinunterlief, kam es mir vor, als setzten sich die Katzen in Bewegung, um aus den Plakaten auszubrechen. In jedem Stockwerk eine

Katze, die hinauswollte. Immer dieselbe. Und jede zugleich eine andere.

Als ich ankam, war niemand auf dem Bürgersteig. Ich sah, wie auf der Beifahrerseite des LKWs zuerst ein nacktes rot bestiefeltes Bein hochgezogen wurde, dann folgte das zweite. Daraufhin sah ich, wie eine Damenhand herausgestreckt wurde, zur Tür griff und sie zuknallte. Mehr sah ich nicht. Der LKW setze sich in Bewegung, und als er aus seinem großzügig besetzten Parkplatz herauskam und zwischen den Autos, die auf beiden Seiten der nicht allzu breiten und langen Straße geparkt waren, eine recht große freie Nische zurückließ und sich dann auf die rechte Seite begab, da sah ich am Lenkrad, mir schräg gegenüber, den Albaner, der im Halbschatten lächelte und nickte. Daraufhin streckte er seine Hand heraus und ließ sie wie eine Flagge im Wind flattern. Adios. Adios Nachbarn. Adios Freunde. Ich holte meinerseits die Hand aus meiner Hosentasche und begann, ihm, oder eher der Frau, die ich nicht sah, zu winken (und ich bildete mir ein, dass sie aus ihrem Schatten heraus meinen Blick eine Sekunde lang erwiderte, mir sogar zulächelte). Die Hand in der Luft gleichmäßig bewegend wartete ich, bis der LKW bei der Kreuzung am Ende der Straße nach rechts einbog. Aber auch dort sah ich Lana keine Sekunde. Sie blieb in einem dunklen Fleck verborgen und verschwand dann mit dem Schatten des Mannes hinter dem Gebäude am Ende der Kreuzung. Und die Hand des Albaners blieb in meinem Gedächtnis flattern wie eine Fahne im Wind, mit einer unbestimmten Farbe. Wie ein stummes Wort, das niemand versteht, das niemals zum Ende kommt, nie ganz ausgesprochen wird. Als ich mich endlich umdrehte, um wieder das Haus zu betreten, da sah ich Frau Habel in ihrem Fenster. Sie winkte zum Abschied oder auch zum Gruß. Das war schwer zu erraten. Ohne darauf zu achten, trat ich ins Treppenhaus, wobei ich dachte, dass ich Frau Habel noch öfter grüßen musste, immer wieder, so wie andere Nachbarn. Es kam aber anders.

Nie. Nie werde ich herausfinden, wie groß die Augen von Frau Habel wirklich waren. Das stand von Anfang an fest. Die dicken schwarzen Linien, die sie mit Kajal um ihre Augen herum zog, verwischten die Grenze. Die Linien um die Augen einer Frau verwischen immer die Grenzen, statt sie zu bezeichnen. Ein totaler Widerspruch zu dem, was eigentlich das Wesen einer Linie ausmacht. Seitdem ich aus der Wohnung ausgezogen bin, denke ich immer wieder an all dies zurück. Eigentlich glaube ich nicht, dass man aus einer Wohnung vollkommen ausziehen kann. Ein Teil, etwas, bleibt immer zurück. So bleibt auch der Geruch des Mieters an den Wänden haften wie der Putz, der nur in vielen mühseligen Stunden harter Maurerarbeit abgeschlagen werden kann. Andererseits nimmt man vieles aus der scheinbar längst verlassenen Wohnung mit: Vieles, das ihr eigen war und das nun durch keine Arbeit und keinen Willen, durch nichts von einem zu trennen ist. Man könnte sogar behaupten, man trägt die Wohnung, in der man einmal gewohnt hat, als Ganzes, mit ihren Wänden und Türen und Gerüchen und Stimmen, mit sich mit, ganz gleich wohin man geht. Das gesamte vorherige Mietshaus zieht mit ein in die neue Wohnung. So ist jene Wohnung immer noch in meinem Kopf, wie ein Bild mit vielen Facetten, Hologramm der Erinnerung, das nicht verblassen will. Diese Wohnung, dieses Haus mit Herrn Bahden und Frau Habel und Lana M. und allen anderen. Einschließlich der Katze. Und Frau Habels Augen. Und so weiter und so fort.

Es gibt viele Menschen, denen man immer wieder in den Parks oder Straßen begegnet, wenn sie ihren Hund ausführen. Doch Lana hatte keinen Hund. Aber auch keine Katze. Hätte sie eine gehabt, so wäre vielleicht alles anders gelaufen. Sie hätte die Tür geöffnet, immer wieder, und der im Treppenhaus verirrten Katze zugerufen: Gina, komm rein Gina, komm rein! oder Ähnliches. Sie wäre mit ihrem Hund in den Park gegangen. Ich hätte sie gesehen und wäre mit ihr sehr wahrscheinlich ein paar Schritte gelaufen, wir hätten Gespräche geführt; das hätte dann der Beginn einer vollkommen anderen Beziehung sein können, vielleicht einer Freundschaft, einer Liebe. Aber Lana hatte keinen Hund, aber auch keine Katze.

In diesem Haus gab es nun, zu meiner Zeit, außer der abwesenden Leila kein Tier. Und sie war tot, quasi von Beginn an tot.

Und es sollte jetzt alles zu Ende gehen, ohne dass

es wirklich zu Ende ging. Lana war eigentlich die erste, die aus meinem Leben in diesem Haus verschwand. Und sie verschwand nie wirklich. In Wahrheit sitzt sie immer noch in einer Wohnung über mir und singt, sie singt das gleiche Lied von damals. Und ich höre sie immer wieder, wenn ich im Bett bin.

Aber ihre wirkliche Stimme sollte von nun an ein für alle Mal verstummen. Doch einmal vernahm ich sie wieder. Es war einige Tage nach ihrem Auszug. Ich lag im Bett und war beinahe eingeschlafen. Ich hatte geträumt, aber nur kurz, denn irgendein Geräusch hatte mich aus dem Schlaf gerissen. Ich blieb im Bett und starrte mit wachen Augen die dunkle Decke an. Ich hörte zuerst den Gesang, den gleichen Gesang von damals, leise und doch deutlich. Minutenlang. Dann brach sie plötzlich den Gesang ab. „Kennst du Dädalus?“ fragte sie dann so urplötzlich. Schlief sie immer noch in der alten Wohnung? War sie wieder zurückgekommen? War sie gar nicht umgezogen? Ich stellte mir diese und ähnliche Fragen. Und ich wartete sogar, dass der Albaner auf ihre Frage nach Dädalus einging und ihr eine Antwort gab. Es kam aber keine Antwort von niemandem. Sie stellte die Frage wieder und wieder, mit dem gleichen Ton und der gleichen Wortwahl: „Kennst du Dädalus?, kennst du Dädalus? Kennst du...?“ Ich überlegte einige Sekunden. „Dädalus?“, fragte ich dann mit halbwacher und zittriger Stimme. „Ja, Dädalus, Dädalus“, antwortete sie. Sie antwortete so, als hätte sie auf meine Reaktion gewartet, schon lange gewartet. „Dädalus war in seinem eigenen Labyrinth gefangen, allerdings gelang ihm die Flucht. Aus Wachs und Vogelfedern fertigte er Flügel an und flog hinaus", ergänzte sie.

„Es gelang ihm die Flucht", sagte ich. Sie schwieg. Sie sprach nicht mehr, und sie sang nicht mehr. Die ganze Nacht hatte ich Fieber und konnte nicht schlafen. Und ich fragte mich abermals, ob Lana es war, ob sie immer noch über mir wohnte. Am nächsten Morgen stand ich früh auf und ging hinaus. Von der Straße aus musterte ich ihre Fenster. Dunkel. Kein Lebenszeichen dahinter. Ich kehrte aber nicht zurück. Ich ging in den Park. Ich dachte, die frische Luft würde mir gut tun. Einige Vögel schliefen noch in den Wipfeln der Bäume, und ich hörte ihre Flügelschläge hier und dort über meinem Kopf. Es klang so, als wollten sie mit ihren Flügeln die Dunkelheit vorzeitig aus den Bäumen vertreiben. Aber die Dunkelheit verharrte in jedem Schatten. Eine Straße weiter, nach einer Biegung, traf ich zu meiner Überraschung Josef Bahden, der immer bis kurz vor Mittag im Bett blieb oder zumindest den Vormittag zuhause verbrachte und erst am Nachmittag gemächlich in die Stadt zog, in die Buchhandlung oder sonst wohin. Ich weiß nicht, wohin er diesmal so früh schon gehen wollte. Jedenfalls sah er hilflos und konfus aus in seinen Bewegungen, wie eine verirrte Seele. Er freute sich, als er mich erblickte. Er kam mit mir, und wir gingen ein paar Schritte zusammen, den Park entlang, ohne recht zu wissen, wohin.

Er behauptete, dass es ganz normal für ihn sei, immer wieder hierherzukommen, um sich von seinen vier Wänden zu erholen, zu befreien, auch morgens in der Frühe, oder vor allem morgens in der Frühe, denn er schreibe ja nicht mehr, sagte er, weder morgens noch abends noch nachts. Niemals. Deshalb müsse er ständig raus, raus in die frische Luft.

Ich erzählte ihm von Lana, von ihrem Auszug, von den neuen Nachbarn und dergleichen. Ich erzählte ihm von meinen fast täglichen Erfahrungen, die ich in meiner Wohnung gemacht hatte und brachte ihm meine Absicht nahe, oder eher meinen Wunsch, einen Roman über diese Themen zu schreiben, über diese Missstände, über die Räume, über die Wände, über die Stimmen, und darin die ständigen Fluchtversuche der Menschen aus undefinierbaren Situationen zu schildern. „Ja, schreiben Sie", sagte er, „schreiben Sie!". Und eine Minute später setzte er hinzu: „Vielleicht können Sie noch einige meiner Blätter in Betracht ziehen, vielleicht können Sie die Plakate als Beispiel nehmen, oder die Katze, oder... was kann ich Ihnen noch sagen?". Er fing an zu husten. Er hatte sich angeblich seit kurzem erkältet. Er sah sehr unglücklich aus, er kam mir wie ein altes auseinandergerissenes Buch vor, oder eher wie ein zerstörtes

Haus, eine Ruine, in der der Wind spielt. Und mir schien, dass er nun sein ganzes Leben bereute, so wie er aussah. „Wissen Sie“, sagte er, „heutzutage, wenn ich Herrn Bogen mit einer Akte unterm Arm aus seinem Auto aussteigen sehe, denke ich an den Satz, den ich irgendwo gelesen habe, wonach der Unterschied zwischen einem Makler und einem Schriftsteller darin besteht, dass der eine wenig Schriftstücke mit viel Welt hat, während der andere, der Schriftsteller umgekehrt, viele Schriftstücke hat und keine Welt. Ich denke dabei an Elias Canettis ‚Welt im Kopf‘, ‚Kopf ohne Welt‘ und ‚kopflose Welt‘. Aber auch an andere Köpfe und andere Welten.“

Einige Minuten schien er zu überlegen, dann sagte er: „Im Großen und Ganzen stelle ich mir die Welt als ein Haus aus mehreren Stockwerken vor. Man hat die gleiche Sprache, aber je höher man steigt, desto weniger versteht man sich. Das ist die Folge des Babylonischen Turms. Finden Sie nicht?“

Er schwieg wieder und erst nach einigen Minuten fuhr er fort: „Diese wenigen Schriftstücke des Maklers enthalten viel Leben, viele Schicksale, während die vielen Schriften, die der Schriftsteller besitzt, lediglich sein eigenes Leben enthalten, und nur als Bruchstücke, oft nicht mal das.“

Seine Stimme wurde schwächer und schwächer. Und ich dachte mir, gleich werde ich seine Stimme nicht mehr hören, weder auf dem rechten noch auf dem linken Ohr. Und ich dachte, dass sein letztes Wort vor seinem großen Schweigen in meinen Ohren hängenbleibt wie ein Anhängsel, und es wird immer in meinen Ohren klingeln, sobald ich an ihn denke. Auch im Schlaf. Dann kam aber seine Stimme wieder zurück. Er sagte: „Ich höre nie auf, an Babylon zu denken. Wissen Sie? Einen in sich geschlossenen und zusammenhangsvollen Roman zu schreiben, bedeutet das Göttliche erreichen. Aber wenn man die Ruinen sieht, dann fragt man sich, ob das überhaupt möglich ist. Jeder Mensch, den ich antraf, war eine Ruine für sich, ein Relikt des Turms, der nicht aufgebaut wurde."

Er stieß einen Seufzer aus und ergänzte: „Wissen Sie, warum wir Menschen Türme in der Art des babylonischen bauen? Damit wir uns irgendwo ganz oben verstehen können." Er stellte die Frage so beiläufig, als wären die Menschen tatsächlich tagaus tagein damit beschäftigt, Türme zu bauen. Aber wer weiß? Vielleicht hatte er doch Recht, auch wenn ich die Türme nicht sah.

Er schaute mich nicht an und ich wusste nicht, ob er mit mir sprach oder mit sich selbst. Er sagte: „Schreiben Sie, aber was für eine Geschichte können Sie über diese vereinzelten Seelen schreiben? Alles wird zusammenhangslos. Jeder geht seinen eigenen Weg wie Rinnsale, die nirgendwohin fließen, nie zusammenkommen und nirgendwo ankommen. Schauen Sie mal, jeder kriecht in sein eigenes Loch und ist beschäftigt mit seinem eigenen Kram. Aber darüber kann man keinen Roman schreiben, alles bricht auseinander. Ein Schriftsteller versucht, diese Stücke zu sammeln, sie miteinander zu kombinieren, dem verlorenen Ganzen wieder eine Gestalt zu geben. Nur so bekommt er das Gefühl, aus den babylonischen Ruinen aufzustehen, einen neuen Versuch zu beginnen."

Wir kamen wieder auf den Babylonischen Turm zurück. Das sei eines seiner Lieblingsthemen gewesen, behauptete er. Für ihn war der Babylonische Turm keine abgeschlossene Geschichte, sie ging nie zu Ende. Das Vertikale von heute, ob Hochhäuser, ob Kirchen, alles was wie ein Turm aussieht, hat keinen Anspruch darauf, das Göttliche zu erreichen, sagte er. Und er war, soviel ich wusste, keinen Sonntag in der Kirche.

Ich sagte: „Als unser Turm einstürzte, fingen wir an, nur noch horizontal zu bauen. Viel später aber, als wir den Sturz aus der Erinnerung vertrieben hatten, da fing alles von vorne an, wir setzen alles daran, erneut vertikal zu bauen."

„Ein neuer Versuch", sagte er mit einer schwachen Stimme.

„Vielleicht ja. Und im Vergleich mit vielen anderen Wolkenkratzern ist der Eiffelturm nur noch ein Zwerg."

Aber warum redete ich vom Eiffelturm? Dieser

Pariser Turm war von mir so weit entfernt, dass er mir sogar niedriger vorkam als das Haus, in dem ich jetzt wohnte.

„Aber mit einem Unterschied", erwiderte er zwischen zwei Hustenanfällen.

„Was für einem?"

„Damals hatten die Menschen mit einer gemeinsamen Sprache angefangen. Und erst dann, kurz vor dem großen Zusammenbruch, bekam jeder eine andere Sprache. Heute spricht jeder auf seine eigene Art und Weise, schon bevor er den ersten Stein eines Turms legt.

„Das ist hochdramatisch", sagte ich.

„Das ist tödlich", ergänzte er.

Ich schwieg. Ich wusste, dass er übertrieb. Und ich meine, dass die Sache an sich dramatisch genug ist und keiner Übertreibung bedarf. Aber er übertrieb ganz deutlich. „Der Sturz wartet auf uns in jedem Stein", fuhr er fort, als Erklärung, und er hustete in der Morgendämmerung. Mit seinem Husten weckte er eine Schar von Vögeln auf, die über unseren Köpfen noch in den Bäumen schliefen, für die der Morgen noch nicht angebrochen war.

Mir tat es wirklich weh, dass Josef Bahden nicht viele Schriftstücke hatte. Und dieses Wenige, was er mir ausgehändigt hatte, war abstrus und im Großen und Ganzen nicht brauchbar, einiges sogar völlig uninteressant. Dies alles war zu bemitleiden. Auch meine Eintragungen und Korrekturen brachten nichts. Und ich fragte mich ohnehin, ob er damit sein Leben nicht vergeudet hatte? Hatte Frau Habel in gewisser Weise vielleicht doch Recht?

An jenem Tag und dem darauf folgenden blieb ich zuhause und beschäftigte mich erneut mit den Aufzeichnungen Bahdens. Erst danach trat der Wendepunkt ein, der sowohl sein und Frau Habels Schicksal als auch meine Auffassung in eine vollkommen andere Richtung lenkte.

Josef Bahdens Aufzeichnungen
(Grenzgang - eine kleine Auswahl)

Wir leben allein in Räumen. Aber ganz gleich, ob wir uns in den Räumen befinden oder außerhalb von ihnen, wir tragen sie zugleich in uns. Wir tragen sie auf unseren Schultern. Diese schweren Wände mit Türen und Fenstern. Wir tragen sie in unseren Köpfen. Das sowieso. Wir tragen sie in uns.

Wir schließen dann Fenster auf, wir schließen Türen auf, wir gehen hinaus. Wir wandern an Flüssen oder in Wäldern. Doch wir befinden uns trotzdem in unseren Räumen, wir befinden uns immer in denselben Räumen. Im Rauminneren. In den hermetisch abgeschlossenen Räumen ohne Fenster und ohne Türen. Oder haben vielleicht Türe und Fenster für bestimmte Seelen keinen Sinn? Ich weiß es nicht. Aber ob die Fenster und Türen einen Sinn haben oder nicht, spielt keine Rolle. Wichtig ist, dass wir sie in uns tragen müssen.

Oder vielleicht ist es eher so, dass nicht wir die Räume mitschleppen, sondern dass die Räume uns mitnehmen, so wie sie ihren ganzen Inhalt mitnehmen, ihre Schränke, Kommoden, Regale usw., aber auch ihre Fenster und Türen und Wände. Vor allem ihre Wände. Ja, die Räume nehmen uns mit.

Ist es möglich, dass unsere Köpfe die einzigen Wände sind, welche das Innen vom Außen zu trennen und das Innere gegen das Äußere zu schützen versuchen? Ist es möglich, dass wir, wie Salomon, auf fliegenden Teppichen sitzen, über den Wolken, und doch Wände in uns tragen und Grenzen, während wir das Hohelied singen? Ist es möglich, dass wir, gleich in welchem Himmel wir sind, nach Innenräumen trachten? Nach Innenräumen für uns allein, wo niemand sonst Zugang hat, dabei aber wir selber in den Räumen sitzen, die nicht uns, sondern den anderen gehören?

...

Was mich mit diesen Nachbarn verbindet, sind die Wände, die Luft, das Treppenhaus, die Stimmen, und nicht zuletzt das Katzenbild. Diese alle zusammen machen die Nachbarn aus. Sie schaffen Geschöpfe, die wir Nachbarn nennen, von denen wir sogar denken, wir kannten sie von innen. Wenn wir einen dieser Nachbarn zufällig auf der Straße treffen, dann ist das etwas komisch (weil ungewöhnlich), manchmal einfach unverständlich, sogar unheimlich. Es ist so, wie wenn wir zum Beispiel die Kleider eines Bekannten zufällig auf der Straße treffen und diese Kleider, obwohl sie von dem Bekannten nicht viel mehr haben als einen Geruch, anfangen würden, uns zu begleiten, zu uns zu sprechen, mit einer Stimme, die wir kennen. Wir verstehen, und wir verstehen doch nicht. Denn der andere, der wahre Bekannte, der sitzt zuhause, der sitzt in seinem unzerstörbaren Raum.

…

Da sind die Wände und da die Räume. Das ist klar. Aber es genügt nicht, hinter den Wänden zu leben. Es sei denn, jeder Kopf ist eine Insel, die sich mit ihren Grenzen abfinden muss (auch wenn Schiffe kommen und exotische Gestalten aussteigen und einigen Tage und Nächte dort verweilen. Diese Gestalten besteigen irgendwann ihre Schiffe und gehen wieder fort. Die Insel bleibt so wie sie ist, so wie eine Insel wirklich ist, umzingelt von den klaren Linien ihrer Grenze. Umzingelt von den eigenen Wänden, von den Grenzen ihres Selbst.)

…

Es gibt wohl kein Erdbeben, und solange es kein Erdbeben gibt, kann ich den Innenraum, in dem ich lebe, gegen den Außenraum schützen. Dies trifft bei allen anderen zu; es gibt keine geistige Osmose. Jeder trägt seine eigene Insel im Kopf, gleich auf welchen

Meeren, auf welchen Gewässern er ist. Jeder trägt seinen Kopf so hoch, wie er kann, damit er (der Kopf) nicht nass wird, auch wenn der Mensch selber bis zum Hals im Schlamm steckt. Wo habe ich meinen Kopf, wenn ich hier, in diesem Raum, lebe? Hebe ich meinen Kopf hoch genug? Ich weiß es nicht.

...

Würde ein Mensch in einer Gesellschaft leben, von deren Sprache er kein Wort, überhaupt kein Wort, versteht, so würde er innerlich ständig mit sich selbst in seiner eigenen Sprache sprechen, während er sich äußerlich zu Tode schweigt. Die eine Hälfte wird Seite an Seite mit der anderen einhergehen. Die eine Hälfte wird versuchen, der anderen beizustehen, im Guten und im Schlechten. Die eine, die laute Hälfte, wird versuchen, mit der stillen Hälfte zu kommunizieren, und umgekehrt. Und möglicherweise wird die eine Hälfte versuchen, die andere zu bekämpfen, gar umzubringen, und umgekehrt. Und weil weder das eine – die Rettung – noch das andere – der schnelle Tod - möglich ist, versinken irgendwann die beiden Hälften, d.h. der ganze Mensch, in ein Meer aus Schweigen und Schlamm. So weit bin ich noch nicht, wahrscheinlich nicht.

Aber warum spricht solch ein Mensch trotzdem? Wer zwingt ihn, zu sprechen? Weiß er denn nicht, dass er aus zwei Hälften besteht? Und dass eine bestimmte Hälfte schweigen muss? Und wenn er un-

bedingt sprechen muss, warum spricht dann ausgerechnet die Hälfte, die schweigen muss? Und weshalb schweigt die andere Hälfte, die eigentlich sprechen sollte? Und wer bestimmt überhaupt, welche Hälfte sprechen, welche Hälfte schweigen muss? Welche Hälfte spricht jetzt in mir? Leben meine beiden Hälften in diesem einen Raum?

...

Wenn ich „Baum“, „Tisch“ usw. höre, dann weiß ich, dass diese Wörter, die das Gleiche zu bezeichnen versuchen, ganz gleich, wie sie in verschiedenen Sprachen lauten, sich treffen, sich überlappen (wenn auch nicht vereinen). Viele andere Wörter aber, die abstrakte Dinge zu bezeichnen versuchen, gehen aneinander vorbei. Wie parallele Linien ohne Berührungspunkte. Hier gibt es keine Streitigkeiten, da es keine Berührungspunkte gibt. Jeder trägt seine Vorstellung als eigene Welt, als eigenen Innenraum mit sich und geht seinen Weg. Es ist möglich, dass die Parallellinien der Wörter sich irgendwann mal, z.B. in der Unendlichkeit treffen, wie alle anderen Parallellinien, die sich nur in der Unendlichkeit berühren. Aber ich frage mich, ob das mich weiterbringt? Ob das wirklich einen Sinn hat?

...

Wo habe ich das bloß gelesen? Ein Dichter wollte aus vielen Wörtern, die er im Kopf hatte, die ihm zur Verfügung standen, für sich ein Haus bauen. Ein

Haus mit Türen und Fenstern, und wenn möglich, mit einem schönen Ausblick; eine herrliche Terrasse zu einem blühenden Garten. Er baute es und saß darin. Aber nicht allzu lange. Am darauffolgenden Tag fand man ihn tot unter den Ruinen seines Hauses. Wo habe ich das bloß gelesen?

...

Jeder lebt in seiner eigenen Geschichte, in seinem eigenem Raum. Gleich wohin man geht, man trägt ein gewisses Etwas innerhalb der eigenen sichtbaren und unsichtbaren vier Wände, in dem Koffer, den man ja Leben nennt. In diesem Sinne sind eine Zwangsreise, eine aufgezwungene Auswanderung oder auch ein Umzug ein kleines Erdbeben, ein kleines privates Erdbeben, das in seinem Umfang und Ausgang bestimmt nicht so gravierend, nicht so tragisch ist, um das Leben eines Menschen unwiederbringlich zu löschen, aber, sowohl zeitlich als auch räumlich, das Leben durcheinander bringt, so dass am Ende von dem, was man „eigenes Leben" nennt, wenig übrig bleibt. Das Leben wird zu etwas ganz Abstraktem, auch wenn man den Koffer, in dem das ganze eigene Leben steckt, mitschleppt (er kann ja nicht anders, als diesen Koffer mitzunehmen, auch wenn er leer ist). Man steht mit seinen Füßen über einer Wolke. Und mit einem Koffer in der Hand. Man muss suchen, ob man einen neuen Boden als festen Grund zum Stehen findet. Man muss suchen, ob man für *den leeren Koffer wieder etwas findet.*

...

Es ist interessant, die Reaktionen einer Fliege zu studieren, wenn sie durch irgendeine Öffnung in eine Wohnung dringt und den Ausweg nicht mehr findet. Dann klebt sie am Fensterglas und schaut nach außen (und falls sie dort stirbt, bleibt ihr Blick weiterhin ins Freie schauend! Unermüdlich!). Aber anhand ihrer ziellosen Bewegungen, anhand ihres unaufhörlichen Summens weiß man, dass sie noch da ist, dass sie noch lebt. Sie schaut hinaus und weiß nicht, dass sie gefangen ist, fest im Griff ihres unbezwingbaren Schicksals. Sie schaut hinaus und merkt den Unterschied zwischen innen und außen nicht. Sie schaut und weiß nicht, ob sie im Innen ist oder im Außen. (Ihr Kopf weiß nicht, dass die ganze Welt aus Innen und Außen besteht. Nein, das weiß er nicht.) Und sie weiß nicht, dass sie im Innen steckt, vielleicht für immer, und dass die Freiheit im Außen ist. Man geht hin mit einem Schläger in der Hand, nicht um die Fliege zu töten, sondern um ihr das zweite offenstehende Fenster zuzuweisen. Man schiebt sie in Richtung des offenen Fensters, in Richtung der Freiheit. Doch sie summt und summt und fliegt in Kreisen und klebt dann wieder am gleichen Glas. Irgendwann ist man verärgert darüber und haut sie schlagartig weg. Sie klebt dann für immer am Fenster. Bei Gelegenheit beschließt man, das Fenster von diesem Fleck und anderen Flecken ihrer Zeitgenossen zu reinigen. Man kann sich ja vorstellen: je sauberer das Glas, desto verhängnisvoller das Fliegen und das Leben für diese kleinen Tiere, die nicht weniger als die großen Tiere ihrem Schicksal ausgeliefert sind, jede auf eigene Art und Weise. Aber was kann man sonst tun?

Umso merkwürdiger ist es, wenn eine Fliege, aus einem offenen Fenster hereingeflogen, sich hinter das nächste geschlossene Fenster begibt und mit einem sinnlosen und aussichtlosen Flattern ansetzt, so als suchte sie in der Gefangenschaft nach der Freiheit. Das sollen wir uns mal vorstellen: Die Fliege kommt von außen und sucht nach der Freiheit in den vier Wänden. Der Sinn ihres Lebens ist nicht das Hinausfliegen aus den offenen Fenstern, sondern das Flattern hinter den geschlossenen Fenstern. Der Sinn ihres Lebens besteht darin, die Freiheit genau dort zu suchen, wo es keine gibt, und dort zu fliegen, wo es keinen Sinn hat.

. . .

Ich bin viel umgezogen, viel zu oft. Bei jedem Auszug wusste ich, dass ich etwas zurückgelassen hatte, an den Wänden, in den Schränken, an den Decken, überall. Ich habe sogar Wörter zurückgelassen, und sobald ich in einer neuen Wohnung war, wusste ich, dass ich mir neue Wörter aneignen musste, ob ich wollte oder nicht. Manchmal kam es mir vor, als gebe es für einige Wörter, die seit vielen Jahren in meinem

Kopf lebten, in der neuen Wohnung keinen Platz mehr. Was machte ich dann? Ich konnte gar nichts machen. Man muss solche Wörter einfach wegwerfen, in die Mülltonne, oder einfach in einem Sack an eine Straßenecke stellen, sichtbar für die Müllmänner. Es ist dann wohl möglich, dass nachts hungrige Katzen kommen und auf der Suche nach etwas Essbarem die Müllsäcke aufbeißen. Dann fällt der Inhalt heraus. So endet manchmal eine Geschichte.

...

Ich glaube, dass die Zeit - die eigentlich vom Raum abhängig und nur im Raum sinnvoll und definierbar sein sollte – sich nun vom Raum unabhängig gemacht hat. Sie hat für sich selbst ihre eigenen neuen Räume geschaffen. Es sind die Räume der Zeit. Damit ist es klar: Solche Räume können somit nur in der Zeit einen Sinn haben, sonst haben sie keinen Sinn.

...

Es gibt verschiedene Methoden, das Leben zuzubringen. Und es gibt vielfältige Todesarten, an denen man stirbt. Und abhängig davon (vielleicht doch nicht!) kann man die Zeit verbringen. Bei dem einen steckt die Vergangenheit in der Gegenwart, die Vergangenheit hat die Gegenwart fest im Griff, bei dem anderen ist die Gegenwart alles, was es überhaupt gibt: die Zukunft, die Vergangenheit. Der Künstler ist aber derjenige, der außerhalb von diesem al-

len steht und die Vergangenheit neu definiert. Man könnte sagen, dass er ununterbrochen seine eigene künstlerische Vergangenheit und Gegenwart und Zukunft in Gang setzt und sie zu einer einzigen Zeit, die nur ihm gehört, verschmelzt (oder man könnte sagen, dass der Künstler nur an seiner Vergangenheit bastelt, ihre Teile, sozusagen, flickt, sie erneuert, sie mit einem vollkommen neuen Gesicht sich und den anderen, aber vor allem sich selbst, zur Schau stellt.)

Ja, auch daran kann man einen Künstler erkennen. Ich lebe ständig in einer Zeit, von der ich nicht wusste, ob sie meine Vergangenheit ist oder meine Gegenwart oder meine Zukunft. Sagen Sie mir bitte, beschreiben Sie mir bitte die Zeit einer im Spinnennetz gefangenen Fliege. Ist das ihre Vergangenheit oder ihre Gegenwart oder ihre Zukunft? Oder ist das eine Zeit, die sich vom Spinnennetz, vom Raum, verselbständigt hat, selber neue Räume gebiert und neue Illusionen und doch zu nichts taugt? Sagen Sie es mir bitte, wenn Sie es können. Beschreiben Sie es bitte.

Jetzt, nach zu vielen Jahren, wenn ich zurückblicke und die Blätter von damals anschaue, mit meinen Eintragungen, meinen Erklärungen, meinen Korrekturen und Hinweisen usw., dann erkenne ich meine Handschrift von damals nicht wieder, als hätte ein anderer Mensch diese Worte geschrieben. Und doch erinnere ich mich an alles, als wären Herr Bahden und Frau Habel und Herr Bogen und Lana M. die Wörter gewesen, die ich aussprechen wollte, die ich immer noch aussprechen möchte.

Josef Bahden, Maria Habel und Lana M. werden in meinem Gedächtnis zu einer einzigen Figur, obwohl sie unterschiedliche Charaktere waren und ganz unterschiedlich zum Leben standen. Doch sie werden in der Zeit und dem Raum meines Gedächtnisses zu einer Einheit, zu einem Summen, das alle Raum- und Zeitschranken hinter sich lassen will. Dann sage ich mir, man muss nur gut träumen können, man muss nur gut hören können.

Einige Tage nach Lanas Auszug träumte ich von Frau Habel. Sie war mit ihrer Katze in meiner Wohnung. Die weiße Katze hockte in einer Ecke meines halbdunklen Traums, so wie auf dem Plakat. Frau Habel trank mit mir Kaffee. Einige Stunden lang wusste ich nicht mehr, ob ich dies wirklich geträumt hatte. Ich fragte mich, wie es wäre, wenn Frau Habel zu mir hochkäme, zuerst ihre Katze zu mir schickte, und dann selber aufträte und sich anschickte, ihre Kleider vom Leib zu reißen und sich um mich oder um ihre eigene Achse zu drehen?

Ich fühlte mich innerlich auf einmal wie Herr Bahden. Und ich stellte mir vor, dass ich nicht nur innerlich, sondern auch äußerlich mit Josef Bahden der eine und derselbe war, auch später, als ich ganz wach im Bett saß.

Doch ich hatte die Stimme von Lana gehört und er ständig die von Frau Habel. Er war ein anderer. Jeder ist ein anderer. Mit mehr oder weniger Anteil von den anderen. Und manchmal hat man einfach doch zu viele Anteile von den anderen in sich, so dass man nicht sicher ist, ob man wirklich der ist, der man zu sein scheint, ob man wirklich verdient, ICH zu sagen? Und wenn ja, inwiefern? Und warum? Genau diese Fragen stellte ich mir, als ich ganz wach war.

Und die Katze. Sie saß immer noch im Fenster und sah mich an. Kein Zweifel, es war die gleiche Katze wie auf den Postern im Treppenhaus. Ich stand auf, ging ganz vorsichtig zum Fenster und streichelte ihr Fell. Sie war eine erfundene, eine fiktive Katze, aber ich spürte ihre Existenz unter meiner Hand, unter meiner Haut und vor meinen Augen. Und sie war so wirklich, so unwiderlegbar wirklich, dass ich gleich mit ihr zu Josef Bahden gehen und lauthals schreien wollte, hier ist die Katze, Herr Bahden, hier ist sie, sehen Sie nur selbst, sie lebt noch. Und dann ein Stockwerk höher bei Frau Habel klopfen würde, um ihr mit viel Freude und Stolz die Katze zu überreichen; hier ist sie, Frau Habel, hier ist Leila, sie lebt noch. Sehen Sie selbst!

Während ich Leilas warmes Fell streichelte, warf ich einen Blick aus dem Fenster und erblickte einen Krankenwagen direkt vor dem Haus. Sekunden später kamen zwei weißgekleidete Krankenhelfer mit einer Liege aus unserer Haustür heraus. Darauf Frau Habel. Mit den vorsichtigen Bewegungen der Helfer leicht schaukelnd. Bis zum Kinn war sie unter einer grauen Decke. Ich erkannte sie an ihrem Gesicht, an ihren Augen. Von oben aus konnte man wenig sehen, doch ich erkannte ihre Augen. Sie sahen in meine Richtung. Kein Zweifel.

Der Rest kam dann sehr schnell. Frau Habel wurde auf diese Art und Weise ins Krankenhaus eingeliefert. Ein paar Tage später berichtete Herr Bogen, dass sie eventuell nicht mehr zurückkommt, dass sie bald stirbt. Ihre Krankheit sei zu ernst. Magengeschwür.

Krebs in fortgeschrittenem Stadium. Josef Bahden hatte den Fall erst zwei Tage später erfahren. Ob er sich Sorgen machte, ob er traurig war oder nicht, das konnte ich nicht herausfinden. Äußerlich wirkte er wie in den letzten Tagen, müde und gebrechlich. Doch sobald er Gelegenheit bekommen würde, so vermutete ich, und anfangen würde zu sprechen, würde er wie immer erzählen - von Frau Habel, von seinen Sehnsüchten, vielleicht auch von seinen imaginären Räumen und Welten. Doch es kam nicht dazu. Und eine Woche später eilte derselbe Herr Bogen herbei, um mir und Herrn Bahden mitzuteilen, dass Frau Habel tot sei und am folgenden Tag auf dem Nordfriedhof bestattet werde.

Nichts ist trauriger als ein Sarg, ein Leichnam, der ins Grab hinabgelassen wird. Es ist ungeheuer. Ungeheuer, weil es endgültig ist. Das ist der letzte Moment des Vorhandenseins einer (nun toten) Person auf der Erde. Dieser letzte Moment ist traurig, ganz gleich, wer gestorben ist, ganz gleich, ob man den Toten kennt oder nicht. Es spielt ebenso wenig eine Rolle, dass Frau Habel die Tote war, die nichts gekannt hatte in ihrem Leben als eine Katze, die längst vor ihr tot war. Nein. Auch das spielt keine Rolle. Ich möchte sogar sagen, dass es umso trauriger ist, wenn eine Frau von der Sorte Maria Habel stirbt. Es geht um das, was einmal war, und was von nun an nicht mehr vorhanden ist in der Welt. Es geht um die Einmaligkeit der Menschen, die die Gelegenheit der Einmaligkeit jetzt ein für alle Mal hinter sich haben. Von nun an kann und muss der gesamte Kosmos den Rest seiner Geschichte, eine ganze Ewigkeit, ohne diese bestimmte Person weiterlaufen. Frau Habel war insgesamt drei Wochen im Krankenhaus. Am Ende konnten ihr die Ärzte und die Medikamente nicht helfen. Die Nachrichten von Frau Habel erreichten uns durch Herrn Bogen, der sie immer wieder besuchte.

Die Bestattung fand an einem Mittwoch statt. Daran erinnere ich mich recht gut. Ich war einige Minuten später gekommen und reihte mich in die Schlange der Anwesenden ein, die dabei waren, einer nach dem anderen, eine Schaufel Erde auf die Verstorbene zu werfen. Ich kannte niemanden dieser Teilnehmer. Herr Bogen war nicht gekommen. Und ich fragte mich, warum eigentlich Herr Bahden nicht da war. Ich wollte gern, dass er gekommen wäre, um mich nicht so einsam und miserabel zu fühlen, wie ich mich dort gefühlt hatte, in jenen Minuten. Als ich an der Reihe war und mich zur Seite stellte, da sah ich ganz erstaunt, dass Herr Bahden direkt hinter mir gestanden hatte. Anscheinend hatte er die ganze Zeit hinter mir gestanden, ohne dass ich ihn bemerkt hätte. Er nahm die Schaufel und warf als letzter Anwesender Erde auf Frau Habel, ohne mich anzuschauen.

Darauf waren wir bis zum Ende der Zeremonie zusammen. Bahden kannte auch sonst niemanden unter den Teilnehmern. Er sprach mit niemandem, er grüßte überhaupt niemanden. Er zeigte aber auf zwei jüngere Männer, von denen er dachte, sie wären die Neffen von Frau Habel, die aus einer anderen Stadt gekommen waren. Und er erzählte mir, dass Herr Bogen für diesen Tag wichtige Termine hatte, die er nicht absagen konnte.

Später saßen wir unweit des Friedhofs in einem Café für den Leichenschmaus. Ich frage mich ständig, weshalb man dieses Café gewählt hatte, so nah, nur eine Straße fast ohne Verkehr trennte das Café vom Friedhof, und ich rechtfertigte diese Wahl damit, dass die Betroffenen somit einige Zeit in den erfahrbaren Zustand des Abschieds vom Verstorbenen versetzt wurden; vom Fenster aus konnten wir die ungefähre Stelle sehen, wo nun Frau Habel lag. Von den Trauergästen waren nur einige geblieben. Ich fragte mich, warum alles so schnell geschehen war. Nur drei Wochen. Und dann war alles auf einmal zu Ende. Josef Bahden setzte sich mir gegenüber. Er erzählte wieder von seiner Kindheit, von der Liebe zur Literatur, zum Schreiben und Lesen und so weiter. Viele Wiederholungen, die ich nicht unbedingt hören wollte. Doch in jenen leeren Minuten war ich bereit, alles zu hören, damit die Zeit verging und wir sie hinter uns hatten. Ich war seit dem Tode von Frau Habel ohnehin nicht aufnahmefähig. Daher war mir der Inhalt seiner Reden gleichgültig. Ich ließ ihn ruhig reden, einfach weiter reden. „Ich war allein in diesem Haus, das Sie ja schon kennen“, sagte er, „die ersten Monate hatte ich eine vollkommene Ruhe, ich war einfach glücklich. Dann kam diese Frau". Er streckte seine Hand und zeigte in die Richtung, wo wir vor etwa einer Stunde Frau Habel bestattet hatten. Ich schaute aus dem Fenster, und er erzählte weiter: „Sie kam hierher, Jahre später kaufte sie die Katze. Sie lief ihr immer wieder hinterher. Sie spielte mit ihr wie ein kleines Kind, das mit einem anderen spielt. Und immer wieder öffnete sie die Tür ihrer Wohnung und ließ sie los. Und was machte die Katze, wenn Frau Habel die Tür offen ließ? Sie eilte zu mir. Genau das wollte Frau Habel. Leila kam und kratzte an der Tür. Und wenn ich öffnete, dann tauchte auch sie auf. Frau Habel meine ich. Dann kamen beide herein und trieben ihr Spiel weiter. Und wenn ich nicht öffnete, dann blieb die Katze hinter meiner Tür und kratzte weiter und miaute. Und ich hörte, wie Frau Habel dazukam und auf der Lauer blieb und wartete. Ob ich nun öffnete oder nicht, das war eigentlich gleich. Die Katze war fast immer bei mir in der Wohnung, mitten in meinem Leben, und damit war auch Frau Habel immer gegenwärtig. Ich kann sogar sagen, dass die Katze bei mir anwesend war, auch wenn ich nicht öffnete, durch ihren Kratzwahn, durch ihr Miauen, ihr Geschrei und den Krach im Flur und in Frau Habels Wohnung. Und ihre Abwesenheit in meiner Wohnung kam durch ihr Miauen und ihre Kratzer mehr zur Geltung, als wäre sie neben mir. Sie war dann sogar anwesender denn je. Diese sogenannte Abwesenheit war noch lästiger als ihre Anwesenheit. Es war viel schlimmer als ihre Anwesenheit. Diese Abwesenheit war viel lauter, viel stärker als ihre Anwesenheit. Mag das widersprüchlich oder komisch wirken, aber es tut mir leid, ich kann es nicht anders erklären. Es war so und nicht anders."

Nein, für mich war das überhaupt nicht komisch. Und es war, glaube ich, deshalb nicht komisch, weil ich seine Spekulationen über die Abwesenheit und Anwesenheit nicht wirklich verstand. Erst viel später, als er weg war und ich aus der Wohnung auszog und alles vorbei war, merkte ich, dass die Abwesenheit Bahdens noch anbindender und einnehmender war als damals, als er selbst zugegen war. Als wäre er letzten Endes mehr in seiner Abwesenheit zur Geltung gekommen. Als entfaltete sich der Schatten von Bahden stärker in seiner Abwesenheit. Als könnte seine Anwesenheit sich mehr entfalten, wenn er abwesend blieb. Und als wir dort im Café saßen, war Frau Habel immer noch, irgendwie, irgendwo zwischen Abwesenheit und Anwesenheit gegenwärtig, gegenwärtiger denn je.

Es war fast zu spät geworden. Der Kuchen war verzehrt. Nur leere Kaffeetassen und Krümel und Kuchenreste hier und dort auf den Tellern. Die Trauergäste standen einer nach dem anderen auf und gingen. Zuletzt standen Herr Bahden und ich auf und gingen hinaus. Als wir auf der Straße waren, fragte er: „Möchten Sie mir vielleicht noch Gesellschaft leisten? Ich möchte Ihnen den Rest erzählen.“ Und wir kehrten in das Café zurück und setzten uns an die gleichen Plätze ans Fenster. „Ich wollte fliegen in meiner Fantasie“, sagte er, sobald wir Platz genommen hatten, „fliegen mit der Kraft der Literatur, und dort oben, ganz oben umher schweben wie die Luft, wie ein Stern. Doch ich musste erkennen, dass ich wie stickige Luft zwischen vier Wänden eingekesselt war, zwischen meinen eigenen Wänden. Wie ein totes Insekt. Harte Schläge der Realität hatten mich getroffen. Und die nächste harte Realität war sie.“ Er deutete mit der Hand zum Grab hin. Ich schaute nochmals in die angezeigte Richtung. Das Grab konnten wir nicht wirklich sehen, aber zwei, drei Kreuze von den umliegenden Gräbern an der Biegung der Straße, hinter der Hecke, schon. „Sie war die Verkörperung der vier Wände“, fuhr er fort, „sie war die Verkörperung der vier Wände, aber noch schlimmer. Die vier Wände haben in der Regel mindestens ein Fensterchen. Bei ihr gab es dieses Fensterchen nicht. Ich wollte lebenslang die Liebe aufsaugen. Nein, das ist falsch ausgedrückt, ich wollte, dass die Liebe mich lebenslang aufsaugt, stattdessen aber hat mich der Hass aufgesaugt. Jahrelang, jahrzehntelang. Für Frau Habel empfand ich nichts als Hass. Nein, sagen Sie nicht, dass das die Kehrseite der Liebe ist, das ist nicht wahr. Ich suchte nach Liebe, und ich habe die Liebe nicht gefunden. Wen habe ich gefunden? Frau Habel habe ich gefunden. Jetzt ist auch sie weg. Ich weiß nicht, ob ich traurig bin oder nicht. Das spielt jetzt keine Rolle mehr. Das hat eigentlich nie eine Rolle gespielt."

Nachdem der Kellner die Teller weggeräumt hatte, kam er wieder zu uns und wir bestellten Kaffee. „Eine Nacht konnte ich nicht schlafen", fuhr Bahden fort, „die Katze war zu mir gekommen und wollte nicht hinaus. Wie war sie bei mir gelandet? Warum wollte sie nicht hinaus? Mir kam es vor, als wäre sie seit Ewigkeiten bei mir in der Wohnung gewesen. Sie glauben es mir nicht, aber ich sage es Ihnen. Frau Habel hatte die blöden Plakate gehängt und seit einigen Wochen hatte man von der Katze nichts gehört. Sie war nicht aufgefunden worden, und ich vermutete, dass sie schon tot war, besser gesagt, ich war sicher, ganz sicher, dass sie tot war. Ja. Und da kam sie doch so urplötzlich, so unerwartet bei mir herein, in meine Wohnung, und setzte sich auf die Fensterbank und starrte mich an. Ununterbrochen, unermüdlich. Ich versuchte, sie zu verscheuchen. Es klappte nicht, sie machte ein paar Bewegungen, ein paar Drehungen, und setzte sich erneut dorthin, wo sie gesessen hatte. Ich versuchte, sie zu ignorieren, zu schlafen. Doch sobald ich einschlief, weckte sie mich mit ihrem Miauen. Und wenn Frau Habel dies erfährt, fragte ich mich zu Recht, wenn Frau Habel dies erfährt, würde sie denken, ich hätte ihre Katze geklaut. Das hatte sie ohnehin immer wieder behauptet, das wissen Sie ja. Deshalb stand ich auf, diesmal viel entschlossener, machte die Tür auf, versicherte mich, dass niemand im Treppenhaus war, hielt die Tür auf, und schrie: ‚… Raus, … raus! Weg von hier!‘, wobei ich ihr mit dem Zeigefinger das Treppenhaus und die Stufen zeigte, damit sie ohne Weiteres verstand, was ich meinte. Sie ging diesmal hinaus. Ich machte zu und kehrte zurück ins Bett. Ich war müde, todmüde. Mir kam es vor, als hätte mich die Müdigkeit der letzten Tage ständig begleitet, gleich wo ich hinging. Mir war es öfter so vorgekommen, als ob die Müdigkeit am Bettrand auf mich gewartet hätte, sobald ich die Augen öffnete, jeden Morgen, ganz früh, nachdem ich zu spät ins Bett gegangen war und recht wenig geschlafen hatte. Die Müdigkeit wartete aber trotzdem, dann wachte ich auf und ging Hand in Hand mit ihr, egal wohin ich ging, besser gesagt, ich trug sie über meinen Schultern, oder in meinen Taschen, oder in meinem Kopf, wie eine Leiche. Ich schlief endlich ruhig, nachdem ich die Katze hinausgeworfen hatte, endlich ruhig. Die Nachbarin. Die Stimmen. Das ganze Haus. Alles schlief. Aber kurz darauf hörte ich die Katze wieder an der Tür kratzen. Ich versuchte, sie nochmals zu ignorieren. Doch sie ließ nicht los. Ich stand auf und öffnete die Tür. Sie sprang in meine Arme. Diejenigen, die eine Katze zuhause haben, wissen ganz genau, dass eine Katze einem in so einem Fall nicht in die Arme springt, warum auch immer. Aber Leila sprang in meine Arme. Sie sprang so, als wäre sie keine Katze, oder als wäre ich kein Mensch, der ihr seine Arme entgegenhielt. Verstehen Sie?" Er hielt inne und nippte an seinem Kaffee. Ich sah Tränen in seinen Augen. Der Kaffee war kalt geworden. „Bitte um Verzeihung, wenn ich ohne Unterlass rede und Sie nicht zu Wort kommen lasse", sagte er. Das war mir eigentlich jetzt alles gleich. Er hatte fast immer ohne Unterlass gesprochen, und jetzt war es mir sowieso gleich. Er sollte ruhig weiter reden. Und er fuhr fort: „Ich überlegte ganz kurz mit dem warmen Körper von Leila in meinen Armen. Sie war in meinen Armen, und ihr Foto, lebensgroß, vor mir an der Wand. Mir kam es vor, als schauten die beiden Katzen sich sekundenlang in die Augen, so als hätten sie sich erkannt. Ich lief mit ihr hinunter und machte mich auf den Weg Richtung Rhein. Sie war ziemlich schwer, ich musste aber durchhalten. Sie wissen ja, es sind nur zehn Minuten bis dorthin, wenn man schnell geht. Wie ein kleines Baby in den Armen der Mutter schwieg sie. Bestimmt hatte schon lange kein Mensch sie mehr umarmt. Am Ufer war niemand, außer einem alten Mann, der gebückt und stöhnend ging, und einem Radfahrer, der die leere Straße ausgenutzt hatte, um mitten auf der Straße möglichst schnell zu fahren. Auch die Katze war auf seine Schnelligkeit fixiert, bis sein Rücklicht an der nächsten Biegung wie ein Komet verschwand, und sie war so fixiert, dass ich sicher war, sie hatte nie in ihrem Leben einen Fahrradfahrer gesehen, geschweige denn, einen so schnellen. Und ich glaube, dass sie, als ich sie hochhob, um sie in den Rhein zu werfen, immer noch gewartet hatte, dass der Komet wieder aus seinem Versteck hervorgeschossen käme. Aber es war zu spät für sie. Ich warf sie ins dunkle Wasser des Rheins. Als sie dort unten gelandet war, da begann sie wieder zu miauen. Nein, das ist nicht richtig, sie begann zu miauen, bevor sie das Wasser erreicht hatte. Ihr Miauen zog, so könnte man sagen, einen akustischen Strich, eine deutlich hörbare Linie, zwischen meinen ausgestreckten Händen und dem Fluss. Sekundenlang vernahm ich von ihr nichts mehr, so als hätten der Rhein und die Nacht sie ganz verschluckt, für immer verschluckt. Als wäre sie mit der Nacht und dem Rhein eins geworden. Ich wusste aber, dass sie irgendwann auftauchen würde, auch wenn ich sie in der Dunkelheit nicht sah, das ist das Gesetz der Natur. Zwei, drei Minuten später hörte ich sie etwas links von der Stelle, die ich als die Stelle des Aufpralls vermutet hatte. Auf den ruhigen und weichen Wellen des Rheins, der aus der Dunkelheit kam und in die Dunkelheit verschwand, schwamm sie wie ein kleines weißes Boot aus Papier, das ein Kind hineingeworfen haben könnte. Ich hörte, wie der Fluss ihr Miauen weiter nach links mit sich zog, in die Weite der Dunkelheit. Damit konnte ich feststellen, in welche Richtung der Rhein fließt. Ja, auch das muss gesagt sein, denn ich war in meinem Leben kaum am Rhein, obwohl ich fast immer in seiner Nähe wohne, und ich war nie sicher, in welche Richtung er fließt. Seit jener Nacht aber weiß ich ganz genau, in welche Richtung der Rhein fließt."

Dann schwieg er und zündete sich eine Zigarette an. Zum ersten Mal sah ich, dass er rauchte. Dann sagte er leise, sehr leise, so dass ich kaum etwas vernehmen konnte: „Aber, um ehrlich zu sein, muss ich sagen, dass ich sie vermisse." Und ich sah Tränen in seinen Augen. Er nahm einen Zug und senkte den Kopf: „Ja, ich vermisse sie", wiederholte er mit einer gebrochenen, leisen Stimme, „ich vermisse Frau Habel und ich vermisse Leila, wissen Sie?" Er stellte die Frage so, als wäre sie an niemanden gerichtet. Denn er sah mich nicht an. Dann stand er auf, ich ebenso. Wir gingen hinaus. Er ging vor. Ich sah, dass sein Gang mühseliger war, so als wäre er auf einmal um Jahre gealtert. Er murmelte etwas vor sich hin, ohne dass ich es verstand. Dann sagte er: „Kommen Sie auf meine rechte Seite bitte!" Ich wechselte und ging nun an seiner rechten Seite. Doch wir sprachen lange kein Wort mehr miteinander. Wir gingen schweigsam die ganze Strecke.

„Also Sie haben die Katze umgebracht?“, sagte ich letztendlich, nicht ganz ohne Vorwürfe, um das Schweigen zu brechen.

„Umgebracht? Habe ich das gesagt? Ich warf sie in den Rhein, habe ich gesagt. Das Wasser hat sie fortgetragen. Irgendwo hat sie wahrscheinlich ein besseres Leben geführt. Oder führt sie immer noch ein besseres Leben. Wer weiß?“

Das ist aber schon lange her. Ich sah Josef Bahden nicht mehr. Einige Tage später fragte ich mich, was mit ihm wohl geschehen ist, und ich klingelte an seiner Tür. Er öffnete nicht. Am nächsten Tag wieder und wieder. Auch nachts klingelte ich. Ohne Erfolg. Herr Bogen erzählte mir dann, dass Josef Bahden einen Tag nach der Bestattung von Maria Habel in die Psychiatrie eingeliefert worden war. Und dass es ihm jetzt besser gehe und er eventuell bald wieder nach Hause zurückkäme. Zuerst hieß es, Herr Bahden würde dort nicht so lange bleiben müssen, höchstens einen Monat. Und als er nach ein, zwei Monaten immer noch nicht auftauchte, stellte sich heraus, dass er lange dort bleiben musste, sehr lange.

So lange ich noch dort war, kehrte er nicht zurück. Einmal beschloss ich, ihn zu besuchen. Die Adresse bekam ich von Herrn Bogen, der seit seiner Abwesenheit sehr freundlich, sogar mit einem Hauch von

Zärtlichkeit, von ihm sprach. Die Psychiatrie war am Rande der Stadt und mit der Straßenbahn sehr einfach zu erreichen. Als ich dort ankam und den Eingang gleich vor mir erblickte, überlegte ich ganz kurz und machte kehrt. Ich hatte ein seltsames und verwirrendes Gefühl. Ich ging in die Buchhandlung der Sackgasse, schaute mich kurz um, sah mir die Regale an und beschloss, nach Hause zu gehen. Dort angekommen, las ich in Herrn Bahdens Aufzeichnungen.

Und er kam nicht zurück. Und solange ich noch dort lebte, sah ich ihn nicht mehr. Vor etwa sieben Jahren hörte ich ganz zufällig vom seinem Tod. Ich muss aber zugeben, dass ich jahrelang keinen Kontakt mehr zu ihm gesucht hatte. Auch seine Aufzeichnungen hatte ich nicht wieder berührt. Ich hatte sie beim Umzug trotzdem mitgenommen.

Nach seinem Tod las ich sie aber gründlich. Einige Teile blieben mir weiterhin wirr und sinnlos wie viele andere Teile, die ich schon früher mehrmals gelesen hatte. Aber manche Teile sah ich in einem neuen Licht. Dies hing nicht damit zusammen, dass der Tod das Leben einer betreffenden Person abrundet. Nein, damit hat es nicht wirklich zu tun. Denn der Tod ist immer ein Bruch, denke ich, ein jäher Bruch, ganz gleich, wie alt der Mensch ist, ganz gleich, ob der Mensch krank oder noch kerngesund stirbt.

Der Mensch plant und stellt Fragen und hofft bis zur letzten Sekunde. Auch wenn er die letzten Sekunden seines Lebens, von denen er eigentlich nicht ahnt, dass sie die letzten sind, nicht der Zukunft und nicht der Gegenwart, sondern ganz und gar der Vergangenheit widmet.

Und schlagartig kommt der Bruch. Auf einmal bleibt alles offen. Auch wenn der Tod alle Fragen auf seine Art und Weise lösen will. Doch lösen kann er trotzdem nichts.

Abgesehen von seinen Aufzeichnungen nahm ich vieles, was Josef Bahden mir über Räume und Zeiten und Literatur usw. erzählte, mit, so, als wäre es mein Eigenes. Ich nahm seine Stimme mit, seine Gangart, ich nahm das Miauen der Katze mit, das er sowohl auf dem linken als auch auf dem rechten Ohr gehört hatte, und jedes Mal so, als wäre dieses Miauen, wie er sagte, frisch, ganz frisch entlockt der Kehle von Leila, die immer noch lebte. Und ich denke an seine beiden Hände, mit denen er Leila aufgehoben und sie in den Rhein geworfen hat, mitten in der Nacht. Und mir kommt es vor, als stehe ich nachts am Rhein, und es sind meine Hände, die die Katze in den Rhein werfen. Und ich stelle mir vor, in welche Richtung der Rhein fließt.

Und unbewusst betrachte ich das Heft als mein eigenes Heft. Josef Bahden hatte am Ende nicht die Gelegenheit gehabt, es zurückzufordern. Vielleicht wollte er es auch nicht. Und manchmal denke ich sogar, ich selbst hätte diese Zeilen über Wände und so weiter in das Heft eingetragen, und dass ich ihnen jetzt in Gestalt eines Buches eine Form geben sollte.

Ich nahm mir vor, seine manchmal komischen, manchmal ins Philosophische übergehenden, aber wirren Thesen und Behauptungen sowohl formal als auch inhaltlich gründlich zu überarbeiten, sie in meine eigenen Erzählungen, in einen Roman, einfließen zu lassen. Würde er dagegen sein, falls er noch am Leben und bei vollem Bewusstsein wäre?

Und wenn ich an jenes Haus denke, dann denke ich an Lana M. und wie ihr Gesicht an der Kreuzung einer Straße im Schatten verschwindet, ich denke an ihre roten Stiefel. Ich denke an Maria Habel, aber vor allem an eine Katze, eine wie ein kleines Boot im Wasser (meiner Fantasie) schwimmende Katze. Und ich frage mich immer wieder, was eigentlich am Ende mit ihr passierte. Fließt sie wie der Fluss in einen See? Oder wird sie, wie ein kleines verirrtes Boot, irgendwann mal untergehen?

Oder wird sie sich, lange bevor sie das Meer erreicht, an einem Strauch am Rande des Flusses retten, sich, nass und erschöpft wie sie ist, nach oben ziehen und dann in einem neuen Land angekommen sein?

Ich habe mir diese und ähnliche Fragen sehr oft gestellt. Doch ungeachtet der Antworten, die ich mir gebe, schwimmt die Katze in meinem Gedächtnis, in einem unbekannten Meer, weiter, und will nirgendwo ankommen.

Maria Habel
(Fotograf: Morteza Mojtahedy)

Josef Bahden
(Fotograf Changiz Assarin)

Mit herzlichem Dank an Friedhelm Baumgärtner
für seine liebevolle Unterstützung

Im Sujet Verlag erschienen

Die ersten Tage der Welt
von Salem Khalfani

Roman
1. Auflage 2019; gebunen mit Schutzumschlag
178 Seiten, 19,80 €
ISBN: 978-3-96202-033-0

1. Taschenbuchaufl. 2021
16,90 € ; ISBN: 978-3-96202-086-6

Retrospektiv berichtet der Protagonist, wie er einst als Schüler der vierten Klasse seine erste Liebe in der Lehrerin Leili gefunden hat. Obwohl er ihretwegen einen harten seelischen Kampf mit seinen Mitschülern durchstehen muss, ist er glücklich, dass er die Lehrerin tagtäglich sieht und – auch ihretwegen – schöne Aufsätze schreibt. Ihm wird die Zeit in ihrer Vergänglichkeit erst gewahr, nachdem die langen Sommerferien begonnen haben und Leili anschließend die Dorfschule für immer verlässt. Doch er kann seine erste Liebe nicht vergessen. An die Adresse ihres Wohnhauses in Teheran schreibt er mehrmals (Liebes)Briefe, ohne dass er eine Antwort bekommt.

Salem Khalfani wurde 1963 im Iran geboren und lebt seit 1985 in Deutschland. Nach seinem Studium der Literaturwissenschaft an der Universität Mainz veröffentlichte er 2003 eine Studie über die Ähnlichkeiten des Absurden in der europäischen Literatur. Weiterhin publizierte er zahlreiche literarische Artikel, Rezensionen und Kurzgeschichten in iranischer Sprache.

Das Valencianische Wasser
von Salem Khalfani

Roman
2. Auflage 2010; Softcover
144 Seiten, 12,80 €
ISBN: 978-3-933995-34-6

Die Novelle „Das Valencianische Wasser" handelt von der Reise eines Mannes, die er anstelle eines Fremden antritt. Kurz entschlossen nimmt der Ich-Erzähler die Identität des Josef Nuri an und reist nach Spanien. Für den Mann, so scheint es, ist die Reise ein Versuch vor der Realität zu fliehen. Doch bleibt das Doppelleben nur für kurze Zeit angenehm...

Salem Khalfani wurde 1963 im Iran geboren und lebt seit 1985 in Deutschland. Nach seinem Studium der Literaturwissenschaft an der Universität Mainz veröffentlichte er 2003 eine Studie über die Ähnlichkeiten des Absurden in der europäischen Literatur. Weiterhin publizierte er zahlreiche literarische Artikel, Rezensionen und Kurzgeschichten in iranischer Sprache.

Nachtschwimmer
von Salem Khalfani

Lyrik
1. Auflage 2010; Softcover
70 Seiten, 12,80 €
ISBN: 978-3-933995-63-6

Khalfani befasst sich in dem vorliegenden Band mit den großen Themen: mit der Zeit, die „wie ein Käfig" im „Kopf des Vogels" hockt, oder wie ein fliegender Teppich aufsteigt und dabei auch (von sich selbst!) träumt. Mit dem Weg, der unruhig an unserem Bett rastet, oder aufsteht und geht und wieder kommt, und unsere Füße nicht braucht. Oder mit Wahrnehmung und somit Kommunikation. Augen, die blind durchs Licht gehen und nur das sehen, was als Nachspiel ferner Sterne in ihrer Erinnerung geblieben ist. Ohren, die aufmerksam gespitzt doch nichts verstehen.

Salem Khalfani wurde 1963 im Iran geboren und lebt seit 1985 in Deutschland. Nach seinem Studium der Literaturwissenschaft an der Universität Mainz veröffentlichte er 2003 eine Studie über die Ähnlichkeiten des Absurden in der europäischen Literatur. Weiterhin publizierte er zahlreiche literarische Artikel, Rezensionen und Kurzgeschichten in iranischer Sprache.

Unendlich ist die Nacht
von Pedro Kadivar

Roman
1. Aufl. 2022; Hardcover
ISBN: 978-3-96202-117-7

Zwei Geflüchtete in Berlin. Der eine kam aus der DDR, der andere aus Iran. Seit fast zwanzig Jahren sind sie ein Paar auf der Suche: Nach sich selbst, nach einander, nach einer gemeinsamen Sprache. Sie beobachten einander, warten aufeinander, suchen nach einer Formel für die Unendlichkeit des Seins, für die Endlichkeit des Lebens, für die Unmöglichkeiten des Zwischenmenschlichen.
In seinem vielschichtigen Roman erkundet Pedro Kadivar („Das kleine Buch der Migrationen"), was das Menschsein ausmacht, was Flucht, Gewalterfahrungen, Liebe, Nähe und die alltäglichen Unsicherheiten prägt. Geschickt verwebt er die großen Fragen unserer Zeit mit den wichtigsten Denkern aus Philosophie und Literatur.

Pedro Kadivar, Schriftsteller und Theaterregisseur, wurde im iranischen Shiraz geboren und ging mit sechzehn nach Paris. 1996 ließ er sich in Berlin nieder, 2002 promovierte er über Proust an der Humboldt-Universität, bevor er sich wieder verstärkt seiner Arbeit am Theater widmete. 2004 reiste er erstmals wieder nach Iran. In der Spielzeit 2011/12 war er Artist in Residence am Théâtre de l'Odéon in Paris. 2015 wurden zwei seiner Stücke auf dem Theaterfestival in Avignon präsentiert. 2017 wurde sein Stück Kunst der Flucht in seiner Inszenierung am Gorki Theater in Berlin uraufgeführt. Für seine Arbeiten erhielt er mehrere Preise. Er lebt in Berlin und Paris.

Söhne der Liebe

von Ghazi Rabihavi

Roman
1. Aufl. 2022; Hardcover
ISBN: 978-3-96202-101-6

Gleichgeschlechtliche Liebe im Iran, Aufbegehren gegen überkommene Traditionen und Rollenklischees, Unterdrückung der politischen Opposition, Verfolgung Andersdenkender, die Gefahren der Flucht sowie Ausbeutung und Rechtlosigkeit im erzwungenen Exil, Polizeigewalt, Willkür und Folter – all diese Themen vereint der bewegende Roman Söhne der Liebe von Ghazi Rabihavi. Anhand der Geschichte von Nadji und Djamil zeichnet der Autor ein beklemmendes Bild vom Iran zu Zeiten der islamischen Revolution bis zum Ausbruch des Krieges mit dem Irak. Der seit 1995 im Londoner Exil lebende Rabihavi nimmt die Leserschaft mit auf eine erschütternde wie auch fesselnde Reise in das angespannte und explosive Klima des vorrevolutionären Iran. Gezwungen, die zunehmende Aussichtslosigkeit der sie einengenden Umgebung ihres südiranischen Dorfes zu verlassen, begeben sich die Protagonisten Nadji und Djamil in die nächstgrößere Stadt und schließlich als illegale Einwanderer ins Nachbarland. Auf ihrer Flucht begegnen sie verschiedenen marginalisierten Bevölkerungsgruppen, deren Lebensgrundlagen im Zuge der intensiven gesellschaftlichen Umwälzungen massiv erschüttert werden und die ihren Platz in den neuen sozialen und politischen Verhältnissen erst finden müssen. Söhne der Liebe, ins Deutsche übertragen von Gorji Marzban und Thomas Geldner, beleuchtet einen Wendepunkt in der Geschichte des Iran und greift zugleich universelle Fragen auf, die bis heute nichts an Relevanz eingebüßt haben.